이런 매일이라면 좋겠어

이런 매일이라면 좋겠어

반지현 글·그림

프롤로그: 쓸데없는 일이 아니고요

"지현 씨는 참 쓸데없는 일을 많이 하네요."

배드민턴 코치님이 체육관으로 들어서는 나를 보며 한 말이다. 매주 화요일과 목요일 저녁, 배드민턴 레슨을 받는 내 오른손엔 한 달 뒤 공연을 앞둔 연극 대본이 들려 있고, 왼쪽 어깨에는 조금 전 사찰음식 수업에서 만든 반찬통이 담긴 에코 백이 걸려 있다. 등에 매달려 있는 건 위로 삐죽 솟은 배드민턴 라켓과 배드민턴화, 체육복을 집어넣어 한껏 부풀어 오른 백팩. 사찰음식 수업을 마치고 실습실 문을 나서는 내 등 뒤에 대고 스님이 이렇게 말씀하셨던 참이다.

"아니, 바로 배드민턴 배우러 가는 거야? 너무 애쓰면서 살지 마요. 밥 잘 챙겨 먹고."

플랫폼에 서서 지하철을 기다리는데, 너무 애쓰지 말라는 스님의 말씀이 귓가에 맴돌았다. '나 애쓰고 있는 건가?' 그렇지만 깊이 생각할 겨를도 없이 얼른 대본을 펼쳐 들었다. 공연이 코앞으로 다가왔기 때문이다. 하필이면 대사가 가장 많은 역할을 맡겠다고 나선 바람에 외워야 할 양이 어마어마했다. 수능을 앞둔 수험생처럼 틈만 나면 대본을 꺼내 외우기에 바빴으니, 지하철을 기다리는 몇 분도 허비할 수 없었다. 대본에 코를 박고 들여다보다 문득 고개를 들었더니 스크린 도어에 비친 내 모습이 눈에 들어왔다. 그러니까…… 내 모습은…… "아니, 대체 뭐 하는 인간이지?"라는 질문이 절로 나오는 꼴이었다. 그 질문을 안고 체육관으로 향한 내게 코치님이 답을 준 것이다. "쓸데없는 일을 많이 하는 사람."

사실 쓸데없는 일을 한다는 말은 처음 들은 게 아니다. 나는 일찌감치 엄마에게 이 말을 들은 적 있다. 잠깐 나의 어린 시절로 가 보자. 그날은 엄마가 나에게 인어공주가 그려진 운동화를 사 주셨다. 운동화가 너무 맘에 들었던 반지현 어린이는 신발을 현관에 벗어 두지 않고 방 안에 두었다(배우지 않아도 미국식 라이프 스타일을 알던 어린이였을까). 게다가 바깥에서 묻혀 온 흙먼지 때문에 방바닥이 더러워질까 봐(가슴팍에 언제나 달고 있던 착한 어린이 배지가 부끄럽지 않도록 집 안 청결까지 신경쓰는 어린이였다) 신문지 사이에 끼워져 있던 전단지를 신발 크기에 맞게 오리고 접어 보관함까지 만들었다. 그걸 보고 엄마가 기어코 한마디를 한 것이다. "쓸데없는 짓 하고 있네!" 엄마는 그 자리에서 내 작품을 구겨 버리며 빨리 신발을 내다 놓으라고 화를 냈고, 나는 크게 상처 받았다. 젊은 시절의 엄마는 워낙 기세등등했기에 나는 끽소리도 못 내고 속으로 눈물을 흘리며 집 잃은 신발을 현관에 내놓았다. 엄마는 때마침 집에 온 이웃들을 맞이하며 나에게 "슈퍼 가서 커피 한 개 사 온나"하고 오더를 내렸는데, 그 입력값 그대로 커피믹스 낱봉 하나를 손에 꼭 쥐고 돌아온 나를 보며 "사람이 셋인데 달랑 한 개를 사 오면 어떡하노!"라며 아까보다 더 크게 화를 냈다(지금도 의문이다. 하나를 사 오라고 해놓곤 왜 하나를 사 왔다고 화를 낸 건지).

나는 다시 슈퍼로 뛰어가며 터져 나오는 눈물을 손등으

로 훔쳤다. 내가 보기엔 엄마가 동네 아줌마들이랑 커피 마시면서 잡담이나 나누는 게 더 '쓸데없는' 짓 같았다. 그때 엄마는 향후 20년 뒤엔 슈케이스라는 게 나와서 사람들이 집 안에 신발을 들이고는, 귀중품 들여다보듯 감상하며 애지중지할 거라는 걸 꿈에도 몰랐겠지. 세계적인 슈케이스 디자이너가 될지도 몰랐던 나의 미래여, 안녕.

엄마가 까맣게 몰랐던 사실이 하나 더 있는데, 20년 뒤에는 바로 당신이 그 쓸데없는 짓에 푹 빠지게 될 거라는 거다. 작은 실수에도 걸핏하면 야단을 맞다 보니, 어릴 때부터 나는 어딘가 모르게 주눅이 들어 있었고 뭘 하든 남들 앞에 당차게 나서질 못했다. 좋아하는 가수가 생기면 그저 내 방에서 작게 노래나 흥얼거리는 정도였지, 내가 이 가수를 좋아하네 하고 말도 제대로 못 했다. 학교를 빼먹고 좋아하는 가수의 집 앞까지 찾아갔다는 같은 반 아이의 얘기만 들어도 가슴이 콩콩 뛰었다. 커서도 이런 성격은 크게 바뀌지 않아서, 콘서트에 가서 공연을 보는 게 내 선에서 할 수 있는 최선의 표현이었다(너무 좋아하는 가수라면 두어 시간 허리를 부여잡고 끙끙거릴 각오로 스탠딩 공연에도 간다).

그렇지만 엄마는 달랐다. 임영웅이 나오는 〈미스터트롯〉을 좋아하신다기에, 한번은 올림픽체조경기장에서 열리는 콘서트 티켓을 구해 드린 적이 있다. 엄마는 새벽부터 KTX를 타고 대구에서 서울로 올라왔다. 코로나가 한창인 시기라 공연 내내 마스크를 꼭 눌러쓴 채 목구멍 가득 터져 나오려는 뜨거운 함성을 점잖은 박수로 대신해야 했지만, 엄마는 좋아하는 가수들을 실제로 봤다며 그저 기뻐했다. 그걸로 끝인 줄 알았다.

그런데 몇 주 뒤, 엄마는 친구들과 함께 〈미스터트롯〉 출연진 중 한 사람이 어린 시절을 보낸 곳에 와 있다며 카톡으로 사진을 보내왔다. 아니, 거길 도대체 왜요? 가수를 직접 만나기 위해 집으로 찾아가는 행동도 나로서는 이해가 잘 되지 않았지만, 심지어 지금은 그가 살지도 않는 옛 동네엔 대체 왜 가신 건가. 사진 속 활짝 웃는 엄마의 얼굴을 들여다보다, 문득 엄마가 어린 나를 향해 스스럼없이 뱉었던 말이 떠올랐다. "쓸데없는 짓 하고 있네!" 하지만 엄마에게 그 말을 되돌려 주진 않았다. 신발 보관함을 구겨 버리던 엄마보다 이제 내 나이가 더 많다. 젊은 애(?)의 철없는 말이었으니 인생 선배인 내가 너그렇게 넘어가기로 했다.

그건 그렇고 사람들이 이야기하는 '쓸데없는 일'이란 건 대체 뭘까. 표준국어대사전에서 '쓸데없다'를 찾아보면 이렇게 나온다.

쓸데없다 [형용사] 아무런 쓸모나 득이 될 것 없다

하지만 이 쓸모나 득이라는 것도 곰곰 따지고 보면 지극히 주관적인 판단에 따른 것이잖나. 엄마와 내가 정의하는 쓸데없는 짓이 다르듯이 말이다.

언젠가 동갑내기 회사 동료가 나를 집으로 초대한 적이 있다. 동료는 남편에게 나를 소개하면서 "애 작가야, 되게 멋있지?"라고 한마디 덧붙였다. 마침 동료의 남편도 글쓰기에 관심이 있던 터라(예의상 그런 척한 걸 수도 있지만) 나에게 이것저것 물어 왔다. 나라고 뭐 대단한 팁을 줄 수 있는 처지가 아니어서 "하루에 한 줄이라도 꾸준히 써 보세요"라는 말을 건넸다. 그는 어릴 때 힘들었던 기억을 한번 써 보고 싶다며 나의 대단찮은 조언에도 열심히 고개를 끄덕거렸다.

자리가 파한 후 동료가 나를 지하철역까지 바래다주며

말했다. "난 있잖아, 우리 남편이 생산성 있는 일 좀 했으면 좋겠어. 책 쓰고 싶다느니 그런 이상한 소리 하지 말고. 그 시간에 영어나 투자 공부하면 얼마나 좋아? 영어 잘하면 승진할 때 유리하고, 투자 공부하면 집 한 채 더 살 수 있잖아 (이미 동료는 내 집 마련에 성공했다. 내가 갔던 그 집이다)." "너 아까 나한테 멋있다고 했잖아"라는 말이 목젖까지 차올라 찰랑거렸지만 삼켰다. 그 멋은 그러니까, 남의 것일 때는 괜찮지만 나의 세계에서는 절대 허용할 수 없는, 한마디로 쓸데없는 거였다. 혀끝이 썼다.

얼마 전에도 비슷한 경험을 했다. 내가 첼로를 배운다는 사실을 알게 된 지인과 악기 연습에 관한 이야기를 나누게 됐다. 지인은 자기도 몇 달간 피아노를 배웠었다며 재밌었지만 그만뒀다고 말했다. 한 곡을 잘 치려면 엄청나게 노력해야 하는데, 하루는 피아노를 치다 말고 문득 이런 생각이 들었다는 거다. '이 시간에 다른 걸 하는 게 훨씬 낫지 않을까? 내 돈, 내 시간 써 가면서 이걸 왜 하고 있지?' 그러고는 그날로 그만뒀다고 했다.

그 말을 들은 나는 잠깐 아무 말도 못 했다. 세상에 시간과 노력이 필요하지 않은 일이 어디 있을까. 일단 시간과 노력을 들이붓기에 앞서, 무엇을 얼마큼 얻을 수 있는지부터 가늠해 봐야 하는 걸까. 그저 마음이 끌린다는 이유로 시작하는 건 바보 같은 짓인가. 그렇다면 취미는 생산성과는 정반대편에 있는, 그야말로 밑지는 장사인 걸까. 어쩌면 나는 사람들의 말대로 그저 쓸데없는 일을 많이 하는 사람일 뿐일까. 그동안 내가 얻은 것들은 삶에서 정말 아무 쓸모도, 득될 것도 없는 시시한 것일까. 나는 내 안에서 끊임없이 쏟아져 나오는 물음표를 붙들고 늘어졌다.

생산성의 관점에서 따져 보자면 취미 생활은 하등 쓸데없는 일일지도 모르겠다. 돈이 되긴커녕 돈이 들고, 가뜩이나 부족한 시간을 쪼개 쓰느라 때론 잠까지 줄여야 하며, 들이는 노력이 무색하게도 좀처럼 늘지 않는 실력에 스트레스까지 받곤 하니까. 그렇지만 적어도 나는 잃은 것보다 얻은 것이 훨씬 더 많다고 생각한다. 꾸준한 취미 생활로 얻게 된 것들을 끄적여 본다.

1. 일단 시작하고 보는 깡이 생긴다

새로운 세계로 진입하는 것은 언제나 두렵다. 오죽 두려우면 무엇을 시작할 때마다 내 머릿속에서는 대기권을 뚫고 우주로 나아가는 로켓의 이미지가 그려진다. 쿠쿠쿠쿵! 로켓이 받는 충격이 온몸에 그대로 전해져 오는 것만 같다. 그렇지만 그동안 내가 열어젖힌 학원 문만 몇 개인가. 일단 시작한다. 시작이 반이라는 말이 있지만, 내 생각에는 시작이 구십 퍼센트다.

2. 나도 몰랐던 가능성을 발견하게 된다

어릴 때는 아장아장 몇 걸음만 걸어도, 젓가락질만 잘해도 주변에서 칭찬해 줬지만 어른이 되면 웬만한 성과로는 어림도 없다. 오죽 잘난 사람들이 많아야 말이지. 세상 잘난 사람들에게 기죽지 않으려면, 나라도 나에게 박수를 보내야 한다. 취미 생활을 열심히 하다 보면 "아니, 내가 이런 것도 할 줄 아네?"하고 나의 가능성에 손뼉 쳐 줄 기회가 생긴다. 생각보다 자주.

3. 좋은 기분을 주문할 수 있다

"자신한테 맞는 방법을 (성실하고 꾸준하게) 찾으면 오늘 느끼면 좋겠다고 생각되는 '그 기분'을 이끌어 낼 수 있다." 이기준 작가의 『단 골이라 미안합니다』에 나오는 문장이다.

식당에서 내가 원하는 메뉴를 주문하듯 오늘 느끼고 싶은 기분을 끌어낼 수 있다니? 든든한 취미 하나만 있으면 충분하다. 몹시 지쳐 있는 날에는 배드민턴 레슨이고 뭐고 움직일 기분이 아니다가도, 코트에서 한바탕 뛰고 나면 언제 그랬나 싶게 몸이 한결 가뿐해진다.

4. 위의 이유로 내가 좀 좋아진다

살다 보면 침대에 얼굴을 파묻고 "내가 나여서 싫어⋯⋯" 라며 엉엉거리는 날도 있다. 그러다 눈물을 닦고 다시 생각해 본다. 나는 두려워도 시작하는 사람이고, 아직 발견되지 않은 가능성을 품고 있는 사람이다. 울적한 기분에 지지 않고, 그날의 취미를 기꺼이 해내는 사람이다. 그런 내 모습을 곰곰 뜯어보면 내가 좀 사랑스럽게 느껴진다.

이 정도의 순기능이 있다면 취미 생활은 한번 해 볼 만하지 않을까. 코치님이 내린 답을 나의 언어로 다시 정정해 본다. "사랑하는 세계가 너무 많은 사람." 이 책은 사랑하는 나의 세계를 탐험한 기록으로 생각해 주시면 좋을 것 같다. 그럼 여러분, 사랑하는 나의 세계로 함께 떠나 볼까요?

1부 그냥, 마음이 끌려서

2부 사랑하는 나의 세계로

3부 잘 살고 있다는 기분이 필요해

그냥, 마음이 끌려서

취미가 나를 데려가는 곳

취미 생활을 꾸준히 하다 보면 취미들이
나를 어디론가 데려간다는 걸 느낄 수 있다.
시작 전엔 생각지도 못했던 곳이다.

"그걸 왜 시작했어?"

다양한 취미를 가지고 있는 데다 개중에는 남들이 잘하지 않는 종목(?)도 있다 보니 사람들이 나에게 자주 하는 질문이다. 이 질문은 세계 3대 콩쿠르에 버금가는 '반 클라이번 콩쿠르'에서, 18세의 나이로 역대 최연소 우승을 차지한 피아니스트 임윤찬도 피해 갈 수 없었나 보다. 그의 연주에 "마치 리스트가 환생한 것 같다"라며 음악계가 들썩였으니 다들 피아노 천재의 출발점이 궁금할 수밖에. 피아노를 시작한 이유를 묻는 어느 기자의 질문에 그는 이렇게 답했다.

"아파트 상가에 피아노 학원이 있었는데, 제 친구들은 모두 태권도 학원이나 어떤 학원에 다녔어도 저는 아무것도 안 하고 있어서…… 저도 뭔가 해 보고 싶어서 일단 피아노 학원에 가게 되었고, 그러다 보니 음악이 굉장히 좋아져서 여기까지 오게 된 것 같습니다."

피아노를 처음 본 순간 운명임을 직감했다는 식의 들끓는 용암 같은 대답이 나올 줄 알았는데, 그가 내놓은 답은 유리잔에 담긴 물처럼 담담했다. 세계적인 피아니스트도 그 첫걸음엔 피아노의 부름이 들렸다거나 꿈에 음악의 신을 알현했다거나 하는 게 아니라, 그저 피아노나 한번 해 볼까 했던 거란 사실에 인간적인 친밀감을 느끼며 나의 시작을 수줍게 고백해 본다.

좋아하는 마음에 책까지 쓰게 된 사찰음식은 회사에서 보내 주는 템플스테이에 갔다가 절밥에 홀딱 반해 배우게 됐다. 벌써 몇 년이 훌쩍 지났지만 밥상을 받아 든 순간의 기억이 아직도 또렷하다. 길모퉁이를 돌다가 누군가와 부딪쳤는데, 인상 팍 쓰며 고개를 들었더니 운명의 이상형이 나를 보며 씽긋 웃고 있는 여느 로맨스 영화의 한 장면 같았달까.

발레는 잡지에 실린 사진 한 장을 보고 시작하게 됐고, 동네 산책을 하다 도자기 공방을 발견하곤 그대로 지나칠 수 없었다. 연극은 버스 차창 밖으로 멍하니 시선을 주다가 눈에 뛴 자그마한 광고판이 계기였다. 일본 영화〈거북이는 의외로 빨리 헤엄친다〉에는 단조로운 삶에 권태를 느끼던 주인공이 우연히 계단 난간에 붙은 광고 전단지를 발견하는 장면이 나온다(영화에서 내가 제일 좋아하는 장면이다). 스파이를 모집한다는 내용인데 크기가 손톱만큼 작다. 그 광고를 발견할 정도의 관찰력을 가진 사람이라면 스파이가 될 자격이 있음을 충분히 증명하는 셈이다. 광고를 보고 스파이가 될 결심을 한 주인공처럼 나도 연극 수업에 등록했다.

수업 첫날 자기소개 시간. 누군가가 나에게 연극을 배우려는 이유를 물었다. 광고판을 보고 찾아왔다고 했더니 선생님이 "아니, 그게 진짜 효과가 있군요"라며 놀라워했다. 물론 내가 봤던 광고판은 손톱보단 훨씬 컸지만, 그래도 높다란 건물과 빠르게 달리는 차들에 시선을 뺏기지 않고 광고판을 발견했으니 연극을 할 수 있는 사람임을 인정받은 것 같았달까. 타인의 삶을 잘 표현해 내는 일에도 좋은 관찰력이 필요한 법이니.

합창은 사는 일이 우울하고 도통 의욕이 없을 때 찾은 나름의 돌파구였다. 합창을 시작하게 된 이유 역시 좀 싱겁다. 마음이 너무 힘들었던 어느 날, 유명한 스님이 쓴 책을 읽다가 행복이 쉽다는 말에 괜히 발끈했던 것 같다. "아니, 그러면 스님들은 모두 다 행복하게 사는 건가?"하는 약간의 반발심으로 여러 스님의 근황을 검색해 보다가 얼떨결에 합창을 배우게 됐다.

시작의 계기는 이렇듯 사소하지만, 취미 생활을 꾸준히 하다 보면 취미들이 나를 어디론가 데려간다는 걸 느낄 수 있다. 시작 전엔 생각지도 못했던 곳이다. 내가 이렇게 책을 쓸 수 있게 된 것도 취미 덕분이다.

책을 펴내는 건 나의 오랜 꿈이었다. 읽고 쓰는 일이 세상에서 제일 좋았으니까 언제부터라고 할 것도 없이 자연스레 품게 된 꿈이다. 그렇지만 어떤 이야기를 써야 할지 도무지 알 수가 없었다. 세상에 재미있는 이야기는 넘쳐났고 내가 하려는 이야기도 이미 남들이 다 해 버린 것 같았다. 그것도 나보다 훨씬, 잘. 시간이 흐를수록 나만이 할 수 있는 이야기랄 게 과연 있기나 한지 의심스러웠다. 나중에는 책만 생각하면 머리가 지끈거리고 숨이 턱턱 막히는 지경이 됐다.

그러던 중에 사찰음식을 배우기 시작했는데 웬걸, 너무 재밌었다. 수업 때마다 스님의 한마디라도 놓칠까 싶어 꼼꼼하게 필기했고, 집에 돌아오면 레시피를 들여다보며 수업 내용을 되짚어 보았다. 직장인의 그 귀한 휴가는 모두 사찰음식을 배우는 데 쓸 정도로 푹 빠져 버렸다.

수업은 사찰음식을 만드는 방법을 배울 수 있다는 사실만으로도 훌륭했지만, 만드는 과정에서 얻게 되는 귀한 것들이 많았다. 작은 재료 하나를 정성껏 다루는 법을 몸에 익히게 되니 내가 삶을 대하는 태도를 돌아볼 수 있었다. 나 혼자만 듣고 흘려버리기엔 너무 아까웠고 주변 사람들에게 추천하자니 한계가 있었다. 사찰음식을 한번 배워 보라고 권하면 상대는 방어적인 태세로 "나 불교 아닌데?"라고 대답하는 경우가 태반이었다. 나머지 절반은 "난 고기 좋아해"라고 답하며 딱 잘라 거절했다. 그러니 좋다는 말만으로는 한참 부족했다. "참~ 좋은데 정말~ 좋은데 어떻게 표현할 방법이 없네!" 한때 크게 유행했던 광고 멘트가 그때 내 심정에 딱 어울렸다.

그러다 문득, 그렇다면 내가 책으로 써 보면 어떨까 하는 생각이 들었다. 그동안 출간된 사찰음식 책을 찾아보니 대부분 스님이 쓴 것이었고, 종교의 가르침이 짙게 배어 있어 그런지 어렵고 딱딱하게 느껴졌다. 나는 요리를 처음 배우는 사람이 좌충우돌하면서도 배움을 계속할 정도로 매력이 넘치는 사찰음식 이야기를 하고 싶었다. 나 역시 불교도가 아니었기에 종교에 얽매이지 않고 누구나 편안하게 읽을 수 있기를 바랐다. '서당개 삼 년이면 풍월을 읊는다'라는 말이 있듯이 딱 3년을 배워 보기로 마음먹었다. 3년이 지나 책을 출간하고 나서야, 사찰음식을 처음 만났던 템플스테이에서 있었던 일이 불현듯 떠올랐다. 템플스테이 마지막 날, 참가한 이들이 둘러앉아 한 명씩 소원을 말하는 시간이 있었다. 나는 떨리는 마음으로 한참을 머뭇거리다 "내 이름으로 된 책을 내고 싶어요"라고 말했었다. 이룰 수 있을 거라 믿지 못했기에 입 밖으로 꺼내기가 조심스러운 소원이었다. 사찰음식을 배우지 않았더라면, 아마 내 책은 서점이 아니라 마음속 '어쩌면 이룰 수 없는 소원' 칸에 영원히 꽂혀 있었을지도.

취미가 이끄는 대로 따라가다 보니 새로운 변화도 생겼

다. "다시 태어난 것 같아요. 내 모든 게 다 달라졌어요. 그대 만난 후로 난 새사람이 됐어요." 세상에 나온 지 벌써 30년이 다 되어 가는 옛 노래지만, 친구들이 모두 인기 아이돌 부인을 자처하던 중고생 때도 홀로 꿋꿋이 윤종신을 흠모했던 오랜 팬인 만큼 그의 노래 〈환생〉을 자주 흥얼거리곤 한다. 사랑하는 연인이 생긴 뒤로 완전히 다른 사람이 된 것 같다고 즐겁게 고백하는 노래 속 주인공처럼, 나도 취미 덕분에 예전과는 사뭇 달라졌다.

주변의 사람들은 좀처럼 믿기 어려워하는데 나는 수줍음이 많은 편이다. 나를 감싼 포장지 겉면에는 '파워 E'라고 적혀 있지만 알맹이는 '슈퍼 샤이한 I'다. 중학생이었을 때만 해도 버스에서 내릴 때 사람들이 쳐다볼까 봐 하차 벨도 못 누를 정도였다. 내려야 할 정거장을 지나쳐 한참이나 더 간 뒤에야(사람들이 우르르 내릴 때를 틈타) 내려 집으로 터벅터벅 걸어가곤 했다. 시간이 흐르면서 이런 성격은 어느 정도 극복했지만, 여전히 어려운 게 있었으니 바로 식당에서 반찬을 리필하는 거였다. 한창 바쁘고 소란한 가운데 반찬을 더 달라고 하기가 괜히 죄송스러웠고, 몇 번 망설인 끝에 "저…… 사장님……"하고 목청껏 불러 봐도 아무도 내 목소리에 반응하지 않았다. 용기를 쥐어짜 내어 두어 번 정도 더 시도하다 결국엔 반찬 없이 맨밥을 먹곤 했다. 옆 테이블 사람들이 별 노력 없이도 척척 반찬을 더 받아 먹는 걸 보면, 나는 왜 아직도 이런가 싶어 속이 상했다.

그런데 연극을 배우면서 반찬 리필을 잘 하게 됐다. 생각지도 못한 수확이었다. 연습 때마다 선생님은 더 크게 소리를 내라고 했다. 나는 지금껏 내본 것 중에 가장 큰 소리를 내느라 온몸이 달달 떨리는데도, 이제 더는 큰 소리를 못 낼 것 같은데도, 선생님은 나를 보며 "지금보다 열 배는 더 크게 내세요!"라고 주문했다. 더 이상은 무리라고 생각하면서도, 아랫배에 힘을 딱 주고 발바닥에서부터 머리끝까지 소리를 끌어올린다는 상상을 하며 힘껏 내지르고 나면 신기하게도 조금 전보다 훨씬 큰 소리가 나왔다. 내 소리에 내가 깜짝 놀랄 정도였으니까. 열심히 연습하다 보니 내가 모르는 사이 목소리에도 힘이 붙었나 보다. 붐비는 식당에서 늘 소란에 파묻히던 내 목소리를 또렷이, 아주 정확하게 전달할 수 있게 됐으니까. "아주머니, 여기 깍두기 좀 더 주세요!" 예전에는 연거푸 서너 번을 말해야 했는데 이제는 딱 한 번만 말해도 될 정도로 성공률이 높아졌다. 만년 슈퍼 샤이가 하루아침에 슈퍼히어로가 되면 이런 느낌일까. 이렇게 뿌듯하다니 그간 반찬 리필하느라 맘고생이 이만저만이 아니었나 보다.

나는 소풍이나 수학여행이 정말 좋았다. 일상에서 벗어나 특별한 순간을 만끽할 수 있는 날이니까. 디데이를 앞두고는 떠나기 며칠 전부터 기분이 방방 들떴다. 그렇지만 출퇴근을 반복하는 어른이 되면서 무슨 일에나 시큰둥해졌다. 일주일 중 기껏 기다려지는 건 고단한 몸을 누일 수 있는 주말. 주위를 둘러보니 다들 사정이 비슷한 것 같았다. 그렇지만 나와는 다르게 아예 일 년 삼백육십오 일을 죄다 특별한 기념일로 만들어 버린 사람도 있었다.

미국에 있는 '내셔널 데이 캘린더National Day Calendar'는 세상의 모든 기념일을 모아 달력을 만드는 회사다. 달력에는 모두가 알 법한 굵직한 기념일만 써 있는 게 아니라 난생처음 들어 본 비공식 기념일도 빼곡하다. 오늘은 무슨 날인가 싶어 홈페이지에 들어가 봤더니 'NATIONAL FLASHLIGHT DAY'란다. 손전등의 날? 손전등은 대체 왜 기념하는 건가. 그 아래에는 이렇게 쓰여 있다.

"손전등의 날은 동지冬至와 같은 날로, 일 년 중 낮이 가장 짧은 날에 불을 켤 것을 상기시켜 줍니다."

우리는 동짓날 긴긴밤에 귀신이 나온다 해서 붉은 팥죽을 쑤어 먹는데 미국에서는 손전등을 켠다니(미국에서도 이 기념일을 아는 사람은 몇 없을 것 같지만). 다른 날도 궁금해 찾아보니 NATIONAL HARD CANDY DAY, NATIONAL STRETCHING DAY 등 희한한 기념일이 많았다. 엉뚱한 기념일이 가득한 이 회사의 모토는 'Celebrate Everyday'.

"삶을 따뜻한 시선으로 보고 매일을 기념하다 보면 좋은 일이 생기거든요." 회사의 대표인 말로 앤더슨^{Marlo Anderson}의 말이다.

다행히 취미 생활을 시작하면서 일주일 중 기다려지는 날이 차츰 늘었다. 퇴근 후의 시간표만큼은 내가 좋아하는 것들로 채워 넣을 수 있기 때문이다.

크고 작은 기념일이 평범한 하루를 조금 더 특별하고 유쾌하게 만들어 주는 것처럼, 취미가 있는 하루는 아침부터 마음이 살랑거린다. 오늘은 어떤 일이 날 기다릴까 궁금해하면서 걸음을 내디딜 때면 소풍을 앞둔 아이의 마음이 된다. 취미를 적어 넣은 스케줄러가 나에게는 내셔널 데이 캘린더인 셈이다. 바쁜 일에 쫓기느라 버썩 말라 버린 모래 알갱이처럼 여간한 일에 별 감흥도 감동도 느끼지 못하다가, 퇴근 후 선생님과 나란히 앉아 첼로 연주를 하고 있으면 품에 안은 첼로의 울림이 그대로 몸에 전해지면서 눈물이 쑥 솟을 때도 있다. 취미가 있는 나는 이제 더는 금요일 퇴근만 손꼽아 기다리는 무표정한 직장인이 아니다.

게다가 취미의 성격에 맞춰 계절을 특별하게 기억할 만한 굵직한 이벤트도 덩달아 생긴다. 지난봄에는 대학로 소극장에서 연극을 했고, 지난가을에는 배드민턴 대회를 열어 신나게 즐겼다. 다가오는 크리스마스에는 조그마한 카페에서 열리는 연주회에 첼로 연주자로 참여하는 게 목표다. 봄을 떠올리면 무대 위에서 떨리던 순간이, 가을을 떠올리면 땀 흘리며 함께한 얼굴들이 떠오른다. 계절 위에 소중한 순간들이 한 겹 두 겹 포개진다. 봄에는 연극을, 겨울에는 연주회를 하는 삶. 올림픽 출전 선수는 아니지만 그에 맞먹는 두근두근한 긴장감으로 시합에 임해 보는 삶. 어떤가?

일주일에 기다려지는 날이 사흘쯤 있는 인생은 그리 쉽게 나빠지지 않는다. 취미가 나를 어디로 데려갈지는 잘 모르지만 취미가 이끄는 대로 한번 따라가 보자. 어디로 향하는지, 여정 중에 내 모습이 어떻게 달라질지 알 수 없지만, 이제는 취미가 가리키는 방향을 믿고 한 걸음 성큼 내디딜 수 있다. 그 방향은 분명 좋은 쪽일 테니.

오늘도 부푸는 중입니다

알쏭달쏭, 애매모호한 모양이라도
내가 행복하면 그만이니
부지런히, 성실히, 즐겁게 가 보고 싶다.

나의 취미 역사를 거슬러 올라가 보면 그 출발점에는 풍
선 공예가 있다. 풍선 공예를 시작하기 전에도 책 읽기라든
가 종이접기라든가 공차기라든가 여러 가지 활동을 즐겼지
만, 그런 것들은 굳이 마음먹고 찾지 않아도 절로 내 곁에 와
있었다. 그리 넉넉한 형편이 아니었는데도 엄마가 책만큼
은 아끼지 않고 잔뜩 사 준 덕분에 어릴 때부터 자연스럽게
책을 좋아하게 됐다. 신발 보관함 에피소드에서 짐작할 수
있듯이 오리고 만들고 붙이는 걸 워낙 좋아해 종이도 곧잘
접었다. 한 살 터울의 남동생이 있어서 으레 골목에서 공을

차며 놀았다(비 오는 날엔 집 안에서 동생과 공기놀이, 인형 놀이를 했다).

하지만 새 학기가 돌아올 때면 어김없이 선생님이 나눠 주는 종이의 '취미/특기란'에 뭘 써넣어야 할지 고민됐다. 독서라고 써넣기는 심심했다. 짝꿍도, 앞에 앉은 아이도, 뒤에 앉은 아이도 죄다 독서가 취미라고 적어 냈기 때문이다. 그렇다고 종이접기나 공차기를 써넣기는 애매했다. 피아노는 배운 지 몇 년쯤 되었지만 절대로 적어선 안 됐다. 언젠가 별생각 없이 피아노라고 적었다가 일년 내내 음악 시간에 반주를 맡아야 했기 때문이다. 교탁 옆에 놓인 작은 오르간 앞에 앉아 건반을 누를 때마다 손가락은 달달 떨리고 등에선 땀이 줄줄 흘렀다. 취미/특기란에 망설임 없이 적을 수 있는 그럴듯한 취미를 갖고 싶다는 생각을 하며 초등학교를 졸업했다.

중학생이 되자 '방과 후 활동'이라는 걸 해야 했다. 수업이 다 끝났는데도 왜 집에 못 가는 거냐고 툴툴대며 신청서를 훑어보던 내 눈이 커졌다. 독서, 서예, 바둑…… 익숙하다 못해 따분한 단어들 사이에서 신선한 네 글자가 보였다. 풍.선.공.예. 가끔 길을 걷다 보면 새로 문을 연 가게 앞에서 키가 큰 피에로가 길다란 풍선을 슥슥 비틀어 강아지며 꽃을 만드는 걸 볼 수 있었다. 엄마 아빠 손을 잡고 씩씩하게 길을 걷던 아이들은 너 나 할 것 없이 그 앞으로 달려들어 풍선을 냉큼 받아 갔다. 풍선을 받고 싶지만 수줍음에 엄마 등 뒤로 빼꼼 숨은 아이에게는 피에로가 다가가 풍선을 살짝 건네주었다. 내가 할 수 있는 일이라곤 풍선을 손에 쥔 아이들을 부러워하며 먼발치에서 피에로의 손끝을 바라보는 거였다. 모여든 아이들 틈에 끼어 풍선을 달라고 손을 뻗기엔 입고 있는 교복 치마가 멋쩍었다. 혹시 내 차례가 오지 않을까, 자그마한 기대를 품고 한참 동안 기다리다 아쉽게 발걸음을 돌리곤 했다. 그렇지만 이제 더는 애태우며 기다릴 필요가 없었다. 고민할 것도 없이 풍선 공예를 신청했다. 시작하려면 아직 몇 주나 남았는데도 마음이 둥둥 들떴다.

수업은 기대보다 훨씬 더 재미있었다. 첫 시간엔 그토록 가지고 싶었던 강아지를 만들었고 다음 시간엔 꽃송이를 만들었다. 색색의 길쭉한 풍선에 바람을 빵빵하게 불어넣은 다음, 터질까 봐 마음을 졸이면서도 과감하게 쥐고 비틀면 멋진 강아지가 뚝딱 탄생했다. 꽃송이는 피에로가 만든 것보다 훨씬 크고 예뻤다. 내 손끝에서 다양한 모양이 피어날 때마다 가슴이 콩콩 뛰었다. 그리고 완성된 풍선을 들고 집으로 돌아갈 때면 가슴은 더욱더 빠르게 뛰었다. 수업 시간도 재밌었지만, 내가 만든 풍선을 사람들에게 선보이는 순간이야말로 풍선 공예의 하이라이트라고 할 수 있었다. 길에서 마주치는 눈빛들은 약속한 듯 하나같이 내 손에 들린 풍선으로 쏠렸다. 특히 아이들은 풍선에서 눈을 떼지 못했는데, 지금 같으면 하나쯤 쥐어 줄 수도 있겠지만 그때는 아이들 때문에 그동안 풍선을 못 받았단 생각에 괜스레 얄미운 마음이 있었다(얘들아, 미안!).

뭉게구름과 무지개를 만든 날은 마치 어제처럼 생생하게 기억난다. 동그랗고 하얀 풍선을 여러 개 모아 붙여 구름을 만들고, 기다란 색색의 풍선을 차례로 이어 무지개를 만들었다. 얼마나 컸는지 한쪽 옆구리에는 구름을, 다른 한쪽에는 무지개를 끼고 집으로 향하는데 때마침 부드러운 노을이 드리우기 시작해 주위가 온통 옅은 오렌지빛으로 물들었다. 구름과 무지개에도 노을이 묻었다. 나는 발그레해진 얼굴로 구름과 무지개를 꼭 끼고 걸었다. 구름이나 무지개를 타면 이런 기분일까. 맞은편에서 나를 유심히 보며 걸어오던 아저씨가 물었다. "학생, 그거 어디서 났노?" 나는 의기양

양하게 답했다. "제가 만든 건데요!" "이렇게 예쁜 걸 만든 사람이 바로 나랍니다!" 하고 모두가 들을 수 있게 크게 소리치고 싶었다.

바람을 가득 불어넣은 풍선처럼 잔뜩 부풀어 오른 마음을 하고서 집에 도착하면, 동생이 기다리고 있다가 풍선을 건네받곤 좋아서 팔짝팔짝 뛰었다. 벽과 천장에 풍선을 붙여 놓고는 그걸 바라보면서 동생과 도란도란 이야기를 나누다 잠드는 나날이었다. "누나야, 다음번에는 거미도 만들어 주나?" 동생의 기대 어린 목소리를 자장가 삼아서. 풍선은 일주일을 채 못 버티고 바람이 빠져 버리곤 했지만, 내 마음엔 여전히 바람이 빵빵했다. 나는 이 기분을 되도록 자주, 오래 느끼고 싶었다. 소풍 하루 전날처럼 설레고, 코끝이 간질간질할 정도로 궁금하고, 풍선을 타고 둥실둥실 날아갈 것만 같은 기분을 잊지 않고 싶었다.

풍선 공예 하나를 배웠는데도 이렇게 즐겁다면 다른 것들은 또 얼마나 새롭게 즐거울까. 다행스럽게도 세상엔 내가 아직 열어 보지 못한 문이 무수히 많았다. 그때부터 나는 취미의 세계를 부지런히 기웃거렸다. 조금이라도 나의 흥미를 끄는 것이 있으면 문을 살짝 열어 들여다봤다. 풍선 공

예를 좋아하는 마음을 발판 삼아 세상의 많은 것들을 흠뻑
좋아하고 싶었다.

  항상 뭔가를 배우는 내 모습이 신기한지 사람들은 나에
게 이렇게 묻곤 한다.
  "왜 그렇게 열심히 해요?", "그 많은 걸 언제 다 배웠어
요?", "목표가 뭐예요?"
  나에 대한 평가도 각양각색이다. "늘 뭔가를 배우고 있어
서 멋있어요", "도전하는 용기가 대단해요"와 같은 칭찬을
듣기도 하지만 "배움에 중독된 거 아니야?", "못 쉬는 것도
병이야, 병!"이라는 말도 종종 듣는다. 마음이 다정한 이들
은 나를 격려하는 동시에 염려하며 "지현 님, 가끔은 좀 쉬
어도 돼요"라고 말해 준다.
  한번은 취미에 관한 이야기를 나누다 '열정의 인간화'라
는 말까지 들었다. 상대는 분명 칭찬으로 건넨 말이겠으나
나는 왠지 좀 부끄러웠다. 실상은 그렇지 않은데 너무 열심
히 사는 사람으로 비친다 싶었고, 힘 빼기를 권장하는 이 시
대에 아등바등하는 꼴이 사뭇 촌스럽진 않나 싶기도 했다.
캐주얼한 차림이 어울리는 자리에 혼자만 정장을 쪽 빼입고

꼿꼿이 서 있는 것처럼 말이다. 사람들 말대로 때로는 허허실실로 좀 느긋하게 살아도 될 것을, 나만 이 유난인가 싶어 고민해 보기도 했다.

도마 앞에서 칼과 씨름하며, 체육관 코트에서 라켓을 휘두르며, 레오타드를 입고 쿵-짝짝 쿵-짝짝 왈츠에 맞춰 팔다리를 흔들며 나에게 묻는다. "이걸 왜 하지?" 안윤 작가의 「모린」에서 문장을 빌려 와 답을 대신한다.

"나는 나한테 주어지는 모든 세계를 빠짐없이 살아 보고 싶어요."

내가 예전에 다녔던 출판사의 대표님은 퇴근 후에 취미로 탱고를 배웠다. 직원이 많지 않았기에 한 명이 여러 업무를 소화해야 했는데 우리 중에 대표님이 제일 바빴다. 대표님은 여기저기에서 걸려 오는 전화를 받느라, 저자들을 섭외하느라, 교정을 보느라, 이 밖의 크고 작은 사항을 점검하느라 쉴 새 없이 바빴다. 그렇게 바쁜데도 퇴근 후에 탱고를 배운다고? 사회 초년생이었던 그때는 이해가 잘되지 않았다. 하루하루가 고단해 집에 돌아오면 침대 위에 쓰러져 잠들기 바빴으니, 그저 대표님이 탱고를 정말 좋아하시나 보다 짐작했다. 그러다 우연히 대표님이 탱고를 배우는 이유를 알게 됐다. 직원들과 출판사를 아끼는 사람들이 한데 모였던 어느 해의 송년회였는데, 누군가가 대표님에게 "탱고를 왜 시작했어요?"라고 물었다(탱고 역시 시작한 계기가 충분히 궁금할 만한 취미다). 대표님은 "일만 하기엔 몸에게 너무 미안해서 시작했어요"라며 쑥스럽게 웃었고, 말만 하지 말고 좀 보여 달라는 우리들의 요청에 자리에서 일어나 멋진 탱고까지 선보였다.

그날 대표님의 대답이 내 마음에 남았다. 나도 하나의 모습이 나를 단정짓도록 내버려두기 싫었다. 여건이 허락하는 한 최대한 다양한 경험을 해 보고 싶었다. "나한테 이런 면도 있었어? 내가 이런 것도 할 줄 아는구나!"하고 내 안에 숨겨진 새로운 모습을 끊임없이 발견하고 감탄하고 싶었다. 나의 가능성을 확인하면서, 확대해 가면서 살고 싶었다. 한 인기 브랜드 아이스크림조차 서른 몇 가지 맛이 있어서 먹어 보지 않으면 대체 뭐가 내 입에 맞는지 알 수가 없는데(심지어 시즌마다 선보이는 새로운 맛도 있다), 무언가를 해 보지 않고서 내가 어떤 사람인지 어떻게 안단 말인가.

앞에서도 이야기했듯이 나는 꽤 소심한 편이다. 새로운 무언가를 시작하기에 앞서 한참이나 머뭇머뭇 망설인다. 어쩌면 이런 성격과 도전은 잘 맞지 않을지도 모른다. 대부분은 용기를 내 겨우 시작하는 편이고, 아주 가끔은 호기롭게 시작했다 하더라도 몇 걸음 채 내딛기도 전에 되돌아갈까 고민한 적도 한두번이 아니다. 하지만 이왕 걸음을 뗀 김에 조심스럽게 한 발 한 발 나아가 본다.

풍선 공예를 배울 때도 그랬다. 풍선을 힘주어 만질 때마다 손이 떨렸다. 혹시라도 풍선을 터트릴까 봐 조마조마했다. 그렇지만 떨리는 마음을 잠시 내려두고 용기를 내 풍선을 이리저리 비틀다 보면 이런저런 모양이 되었다. 때로는 형체를 알 수 없는 모양이 되기도 했지만, 망칠까 겁이 나 우물쭈물했다면 기껏해야 틀에 박힌 몇 가지 모양밖에 못 만들었을 거다. 삶도 마찬가지다. 겁내고 가만히 있으면 나에게 한 가지 모습밖에 없겠지만, 뭔가를 해 보면 나도 모르는 사이에 어떤 모습이 되어 간다. 많은 사람이 좋아하는 깜찍한 강아지가 아니어도 되고, 탐스럽게 핀 꽃송이가 아니어도 괜찮다. 남들이 뭐라든 뭐 어떤가. 알쏭달쏭, 애매모호한 모양이라도 내가 행복하면 그만이니 힘닿는 데까지 부지런히, 성실히, 즐겁게 가 보고 싶다.

어설프긴 하지만 조심스레 물레를 돌리고, 모처럼 한가로운 일상의 여백을 첼로 선율로 더듬더듬 채워 가는 순간이 좋다. 캔버스 앞에 앉아 연필을 쥐고 선을 긋는 내 모습이 맘에 든다. 코트에서 땀 흘리고 구르고 소리 지르는 내가 신기하다.

납작하던 나는 취미를 만나 점점 동그랗게 부풀어 오르고, 취미는 나와 함께 둥실둥실 떠오른다. 나라는 가능성의 풍선은 오늘도 조금씩 부푸는 중.

하루하루 신나는 할머니가 될래

할머니가 되어서도 행복하게 글을 쓰고 있었으면 좋겠다.
바흐의 무반주 첼로곡을 끝내주게 연주할 수 있었으면 좋겠다.
그때도 하고 싶은 게 너무너무 많다면 얼마나 좋을까.

돌아가신 외할머니는 내게 정물의 이미지로 남아 있다.
내가 기억하는 할머니는 어두운 방 안에 오도카니 앉아 하
루를 보내는 사람이었기에, 할머니를 떠올리면 무거운 색
채의 화폭에 그려진 과일이나 꽃이 저절로 따라왔다. 어쩌
면 할머니가 그림 속 정물처럼 가만히 한 곳에 붙박여서 생
을 다 보낸 건 아닐까 하는 생각도 해 봤다. 가끔 낡은 옛 앨
범을 뒤적일 때면 내가 익히 알던 모습과는 퍽 다른 할머니
의 앳된 얼굴을 한참이나 들여다보곤 했다. 할머니에게도
잘 익은 과일이나 활짝 핀 꽃처럼 아름답고 생기로웠던 한

시절이 있었음을 헤아려 보면서.

당연한 이치겠지만 할머니는 삶의 면면을 가꾸고 돌보는 데도 크게 관심이나 소질이 없어 보였다. 할머니 집에서 유년의 많은 시간을 보냈지만, 단 한 번도 할머니가 아름다운 접시를 꺼내 식탁을 차린다든가 바뀌는 계절에 맞춰 커튼을 간다든가 하는 일을 본 적이 없으니까. 그러니까…… 할머니는 삶에서 아무것도 좋아하지 않는 사람 같았다. 당신 자신도 포함해서.

어릴 때부터 줄곧 봐 온 할머니의 모습이 그렇다 보니 언젠가부터 훗날 할머니가 되는 게 두려워졌다. 늙으면 나도 할머니처럼 되는 건가. 삶에 아무런 감흥도 없이, 오늘과 내일의 구분도 없이, 집 안을 가득 메운 적막을 밀어낼 목적으로 보지도 않는 TV를 온종일 틀어 놓게 되는 건가. 나의 노년을 그려 보려 애써도 자욱한 안개에 가려 앞이 하나도 보이지 않는 기분이었다.

언젠가 지인과 나눈 대화를 통해 짐작하게 된 사실이 하나 있는데, 내 마음 깊은 곳에 두껍게 깔려 있던 노년에 대한 두려움이 취미를 찾아 헤매는 동력이 되었을지도 모른다는 거다. 나와 배드민턴 레슨을 함께 받는 K는 나 못지않은 취미 부자다. 수준급의 뜨개 마스터인 데다가 스케이팅도 좋아해서 휴일엔 혼자 두어 시간씩 아이스 링크를 달린다. 체육관에서 처음 만났을 땐 10년째 기르고 있는 앵무새 사진을 보여 주기도 했다. 매주 만나 이런저런 이야기를 주고받다 보니, K도 나와 비슷한 유년의 경험이 있다는 걸 알게 됐다.

"내가 어릴 때 엄마가 늘 집에 계셨는데 항상 표정이 어두웠거든. 엄마를 보면서 생각했지. 커서 어른이 되면 진짜 재밌게 살아야겠다고."

K는 탭 댄스도 배우고 싶다고 했는데, 탭 댄스를 잘 추는 할머니가 되어서 거리 공연을 여는 게 꿈이라고 했다. 공연 수익금은 어린이 병원에 기부하고 싶다는 말을 들으면서 생각해 봤다. 나는 어떤 할머니가 되고 싶은지. 지금까지는 언젠가 할머니가 된다는 것만으로도 두려웠지만, K 덕분에 처음으로 짙은 안개를 헤치고 그 너머를 보고 싶은 마음이 들었다.

이왕 할머니가 될 거라면 하루하루를 만끽하는 할머니가 되고 싶었다. 그러고 보니 세상에는 멋진 할머니들이 많았다. 맛깔나는 비빔국수 레시피와 걸죽한 입담으로 '편들 (팬들)'을 웃게 해 주는 박막례 할머니, 75세 나이에 'WBC 피트니스 오픈 월드 챔피언십'에서 당당하게 2위를 차지한 보디빌더 임종소 할머니(그녀의 보디 프로필에 자극 받아 동네 헬스 장에 등록했지만⋯⋯ 여기까지만 말하겠다), 한국 배우 최초로 74세 에 오스카 트로피를 품에 안은 윤여정 할머니(시상식에서 통역 없이 영어로 수상 소감을 말하는 그녀의 모습이 너무 근사해서 온라인 클 래스를 결제했지만⋯⋯ 역시 여기까지만 말하겠다).

멋진 할머니를 향해 날마다 씩씩하게 걸음을 내딛는 예 비 할머니도 있다. 『피아노 치는 할머니가 될래』를 쓴 이 나가키 에미코는 50세의 나이에 퇴직하고 피아노를 배우 기 시작한 일본의 중년 여성이다. 정신없이 바쁘게 살다 보 니 눈앞엔 어느새 노후가 성큼 다가와 있었고, 비로소 그녀 는 오랫동안 마음속에 품고 있었던 '하고 싶지만 할 수 없는 일'의 목록을 살핀다. 그중 하나가 바로 피아노를 배우는 것. 생각만큼 몸과 머리가 따라 주질 않으니 피아노 앞에 앉아 진땀을 흘리는 날들이 대부분이다. 좀처럼 늘지 않는 실력 에 눈물도 흘리고 그만둘까 고민도 하지만, 그녀는 포기하 지 않는다. 피아노를 배우며 노후가 마냥 막막하고 두려운 시간이 아님을 깨닫게 되었기 때문이다. 이나가키 씨는 프롤로그에 이렇게 썼다.

어쩌면 나에게 피아노란 노후를 살아가는 방법에 대한 레슨인지도 모른다. 아무리 쇠약해지고 못 쓰게 되어도 지금 이 순간을 즐기겠다는 마음으로 최선을 다할 수 있는지 아닌지 시험받는 것이다. 나아질 수 있든 없든 그저 눈앞의 일에 최선을 다하는 그 시간을 행복이라고 여기게 될 수 있을까? 만약 그럴 수 있다면 앞으로의 기나긴 내리막길 인생이 얼마가 지속되건 두렵지 않을 것 같다. 그래서 나는 오늘도 부랴부랴 피아노를 향해 달려간다. 여하튼 여기에 내 노후가 달려 있다. 노후는 어쩌면 생각지도 못한 즐거움과 희망으로 가득한 시간일지도 모른다. 아니 꼭 그러하길 바라는 마음으로 오늘도 베토벤 곡을 치고 있다.

노후는 즐거움과 희망으로 가득한 시간일지도 모른다니. 즐거움, 희망과 나란히 놓여 있는 노후를 보며 생경함을 느꼈다. 그제야 내가 지금껏 '노후老後'를 제구실을 하지 못할 정도로 낡고 오래되었다는 뜻의 '노후老朽'와 같은 뜻으로 여기고 있었다는 걸 깨달았다. 즐거움과 희망은 몸과 마음이 파릇파릇한 청춘에게나 어울린다고 여겼고, 노후에 으레 마땅한 단어는 청춘이 다 쓰고 남은 것들이라고 생각했다. 고독, 슬픔, 권태, 우울과 같은 것들. 그렇지만 멋진 할머니들이 누리고 있는 노후는 전혀 그런 게 아니었다. 젊을 때의 건강한 몸과 명석한 두뇌는 아니지만, 최선을 다해 하루하루 즐겁고 성실하게 살아가는 인생 선배들은 젊은이들 못지않게 충분히 빛나고 아름다웠다. 이런 노후라면 기꺼이 두 팔 벌려 맞이할 수 있을 것 같았다.

내가 바라는 반지현 할머니의 모습을 조심스럽게 그려 본다. 첫째, 할머니가 되어서도 행복하게 글을 쓰고 있었으면 좋겠다. 욕심을 좀 더 부려 본다면, 내가 아이였을 때부터 어른이 된 지금까지 가장 소중하게 여기는 책 『꽃들에게 희망을』처럼 아름다운 작품을 쓴 할머니라면 좋겠다.

둘째, 젊은 날 포기하지 않고 매달린 덕분에 바흐의 무반주 첼로곡을 끝내주게 연주할 수 있었으면 좋겠다. K가 탭 댄스 공연을 연다면 옆에서 첼로를 켤 의향이 얼마든지 있다. 유튜브로 첼로와 탭 댄스 협연 영상을 보는 것만으로도 흥이 절로 난다. 첼로의 우아하고 묵직한 선율에 탭 댄스 특유의 경쾌한 템포가 더해지니 정말 해 볼 만하겠다 싶은 생각이 든다.

셋째, '취미 할머니'라는 별명이 붙을 만큼 다양한 취미를 즐기고 있었으면 좋겠다. 그때도 하고 싶은 게 너무너무 많아서 잠드는 게 아까울 정도로 하루하루 신나게 보내고 있다면 얼마나 좋을까.

즐거운 노후 생활을 상상하다 보니 들뜨다가도 돌연 마음이 무거워진다. 나의 할머니가 떠올라서다. 즐거움과 희망이 어울리는 노후는 혼자만의 노력으로 이룰 수 있는 게 아니니까. 멋진 할머니들 곁에는 할머니들만큼이나 멋지고 든든한 지원군이 있었다. 박막례 할머니는 피디인 손녀가 할머니의 유쾌한 일상을 유튜브에 올린 덕분에 구독자가 백만 명이 넘는 인기 유튜버의 길을 걷게 됐고, 임종소 할머니에게는 할머니의 재능을 알아보고 용기를 북돋아 준 트레이너가 있었다. 비키니 차림이 민망했던 할머니가 대회 출전을 포기하려고 했을 때도 트레이너가 끈질기게 설득했다고 한다. 이나가키 씨에게도 레슨비와 연습실 사용료를 지원해 준 인연이 있었다(그녀의 피아노 선생님은 프로 피아니스트이다).

지금이야 인터넷으로 손쉽게 정보도 찾고 모임에도 가입할 수 있지만, 친구도 핸드폰도 없었던 할머니가 혼자 힘으로 할 수 있는 건 별로 없었을 거다. 할머니가 아직 살아 계셨다면 또래 할머니들의 활약을 보면서 나처럼 마음이 움찔움찔 하지 않았을까. 그동안 아무에게도 말하지 않고 비밀스레 간직해 온 '하고 싶지만 할 수 없는 일'을 해 보겠다며 모처럼 마음을 냈을 지도 모른다.

할머니는 평소에 어떤 걸 좋아하셨더라. 할머니를 오래 봤으면서도 할머니가 뭘 좋아하셨는지, 뭘 할 때 즐거워하 셨는지 하나도 모른다는 사실이 새삼스럽다. 나도 뭔가 도울 수 있었다면 좋았을 텐데……. 문득 새벽이든 깊은 밤이든 초 한 자루에 불을 밝히고 성모상 앞에서 묵주를 돌리던 할머니의 모습이 떠오른다. 맞아, 할머니는 날마다 열심히 기도하는 분이었지. 할머니의 기도를 가만히 들어 보면 당신을 위한 건 하나도 없고 죄다 가족들을 위한 것이었다. 딸, 아들, 사위, 며느리, 손주…… 할머니의 관심은 오로지 가족들의 행복과 건강. 벽에 걸린 가족사진이 조금만 삐뚜름해 져도, 가족들에게 안 좋을까 봐 몇 번이고 세심하게 수평을 맞추던 당신이었다. 할머니를 다시 만나서 "할머니, 뭐 해 보고 싶은 거 없으세요?"하고 묻는다면 할머니는 어떤 대답을 하실까. 그 대답을 짐작할 순 없지만, 할머니의 오랜 기도 덕분에 다들 즐거움과 희망이 깃든 노후를 향해 가고 있는 것 같다.

막 환갑에 접어든 작은외삼촌의 소감을 옮겨 본다. 환갑 축하드린다는 내 말에 외삼촌은 "테니스는 일주일에 두 번, 골프는 외숙모랑 같이 일주일에 네 번 정도 연습한다. 요즘은 탁구 대회를 앞두고 탁구 연습도 하고 있고. 게다가 새벽마다 텃밭에 나가 출근 전까지 일하지, 도무지 내가 육십 세가 아니잖냐?"

작은외삼촌보다 두 살 많은 엄마는 아버지 몰래 모임 사람들과 1박 2일로 추자도에 놀러 왔다며 카톡으로 사진을 잔뜩 보내온 참이다(아버지는 도통 책을 안 읽는 분이라 여기에 밝혀도 관계없다). 엄마의 모임은 대략 여덟 개인데, 일단 30년 동안 해 오고 있는 독서 모임 '초롱회(회원님들, 읽고 계시죠?)', 전국 방방곡곡 물 좋고 산 좋은 곳을 찾아다니는 '청풍명월', 엄마가 나를 낳기 전부터 지금까지 다니고 있는 성당의 친목 모임인 '머릿돌회'(아버지는 항상 '돌머리회'라고 부른다. 머릿돌회 모임이 있는 날엔 돌머리들끼리 모여서 무슨 얘기를 하겠냐고 농담을 하다가 꼭 엄마한테 혼난다). 날씨 좋은 날 산에 오르는 '가산 조모임', 그리고…… '깻잎'과 '콩잎'. 대체 그건 무슨 모임이냐는 나의 물음에 엄마는 "그냥 모임!"이라고 잘라 답하며 한마디를 덧붙였다. "내 사생활까지 털어야 하니?"(아쉽게도 끝내 밝혀내지 못했다.) 나는 행복하게 글 쓰는 할머니가 되기 위해 젊은 날 글을 쓰며 이렇게 몸부림치고 있다(계속 하다 보면 그때는 즐길 수 있겠지).

얼마 전 꿈에서 할머니를 봤다. 살아 계실 때 한 번도 본 적 없는 옷을 곱게 차려입은 할머니는 어디론가 부지런히 걷고 계셨다. 친구를 만나러 가는 중이셨을까? 아니면 무엇을 배우러 가는 중이셨을까? 새로 생긴 카페에서 메뉴판을 유심히 들여다보는 할머니의 모습도 잘 어울릴 것 같은데.

박숙자 루시아 할머니, 고마워요. 천국에선 부디 할머니의 취미를 찾으셨기를 바라요.

찐하고 달콤하게 다시 한번

"지현아, 내가 뭘 열심히 해 봐서 아는데 말이다,
분명 다 시시해질 때가 있다.
그럴 땐 핫초코 한 잔 딱 마시고 다시 한번 해 봐라."

"헉, 뭐가 이렇게 바빠요?"

핸드폰을 열어 스케줄러를 확인하는데, 옆에 있던 이가 곁눈질로 쓱 보고는 깜짝 놀라며 한 말이다. 여러 개의 공을 갖고 저글링 묘기를 선보이는 노련한 피에로처럼, 여러 가지 취미를 빠뜨리지 않고 챙기려면 스케줄러는 필수다, 필수. 때론 레슨 시간이 바뀌기도 하고 갑작스레 휴강이 되기도 하기에 슬기로운 취미 생활을 위해서는 틈틈이 스케줄러를 점검해야 한다.

나의 하루는 스케줄러에 적힌 대로 착실하게 돌아간다. 촘촘한 스케줄러를 들여다볼 때면, 바쁜 일과 중에 시간을 아껴 뭐라도 해 보려고 노력한 흔적이 고스란히 남아 있는 것 같아 나름대로 뿌듯하다. 하지만 스케줄러가 나를 옥죄는 창살처럼 여겨져 아찔해질 때도 있다. 사실 요즘도 그렇다. 아침마다 졸린 눈을 비벼 가며 요가를 했던 내 모습은 SF 영화의 한 장면처럼 사실감 없고, 한 주만 쉬어도 바보가 되는 첼로 레슨은 벌써 2주나 빼먹었고, 사찰음식 수업과 배드민턴 모임은 한 달째 나가지 않고 있다.

바로 그분이 온 것이다. 취태기. 매일이 취미로 꽉 차 있을 것 같은 나에게도 취태기가 찾아온다. 앞에선 취미가 있으면 하루를 기대할 만하다느니, 삶이 사랑스럽게 느껴진다느니, 취미 찬양을 한 바가지나 늘어놓았지만 취태기 앞에서는 아무 소용이 없다. 나는 스케줄러 대신 이불을 붙들고 침대에 드러누워 이렇게 중얼거린다. "취미는 무슨."

취태기 모드에 들어간 나는 '가는 취미 안 말리고 오는 취미 다 막는다'의 태도로 한동안 취미 없는 생활을 영위한다. 평일엔 회사-집-회사-집, 주말엔 침대-냉장고-침대-냉장고. 한 주 치의 벅찬 노동을 끝내고 지친 몸을 겨우 누인 금요일 밤부터 주말 이틀 내내 침대 주위를 벗어나지 않는다. 냉장고까지도 기어갈 판이다. 가뜩이나 부족한 시간, 체력 쪼개 가며 왜 그렇게 동동거렸는지, 그놈의 취미가 뭐라고. 오랜만에 맛보는 여유에 마음이 무척이나 홀가분하다. 이참에 아예 다 관둬 버릴까 하는 생각도 든다.

그대로 취미와 영영 이별한다면 별 상관없겠지만, 시간이 차차 흐르면 취태기가 물러간다. 다시 슬금슬금 취미의 세계로 돌아가고 싶어지는 거다. 침대에 누워 이리저리 뒤척이며 괜히 시간을 확인한다. 지금쯤은 코트에 있어야 하는데…… 지금쯤이면 앞치마 두르고 냉이 다듬어야 하는데……. 벌떡 일어나 스케줄러를 확인하고 똑똑 문을 두드리면 될 일 같은데, 이게 또 그리 간단하지가 않다. 이번엔 취미 쪽에서 나를 거부한다. "그렇게 쉽게 내팽개칠 때는 언제고 인제 와서 다시 받아 달라고?" 취미의 세계로 재진입하는 건 아무것도 모르고 처음 시작할 때보다 훨씬 어렵다. 매일 꾸준히 연습해도 실력이 늘까 말까 하는 상황인데 짧게는 몇 주, 길게는 몇 달을 놓아 버렸으니. 오랜만에 요가 매트를 꺼내 보지만 쉽게 되던 동작이 갑자기 안돼 당혹스럽다.

한번은 취태기가 세게 와서 무려 한 달간 첼로 레슨을 빠진 적 있는데, 그 뒤로 두 달 동안 교재의 첫 부분만 내리 연습해야 했다. 이미 다 배운 건데 왜 다시 해야 하나 싶어 레슨비가 무척 아까웠다. 못마땅한 내 표정이 선생님 눈에도 빤히 보였는지 레슨이 끝날 때쯤 선생님이 말했다. "시간 남아돌아서 했던 거 또 해 보라는 거 아니야. 지현이 실력도 맨 처음으로 돌아가서 그래." 아…… 그러니 그분이 왔다고 해서 매번 "어서 오세요"하고 반길 수도 없는 노릇이다. 섣불리 맞이했다가는 훗날의 내가 감당해야 할 몫이 너무나 크다. 다행한 사실은 내게 잘 듣는 취태기 극복법이 하나 있다는 거다.

그만 포기하고 싶을 때, 도무지 계속해 볼 마음이 나지 않을 때, 나는 핫초코를 마시며 전의를 다진다. 미련스럽지만 딱 한 번만 더 해 보자는 마음이다. 초콜릿에 든 성분이 기분 전환과 피로 해소에 도움이 된다는 과학적 근거도 물론 있겠지만, 몹시 지쳤을 때 핫초코를 찾는 건 내 몸이 어떤 순간들을 통과하며 차근차근 터득한 공식을 따른 것이다.

공식을 정립하게 된 데는 외할아버지의 공이 크다. 고등학교 수학 선생님이었던 할아버지는 매일 새벽 학교 운동장을 열 바퀴씩 돌면서 하루를 맞이했다. 달리기가 끝난 다음 할아버지는 커다란 벽을 홀로 마주한 채 한 시간가량 테니스 라켓을 휘둘렀다. 어렸을 때 나는 할아버지가 운동장 한쪽에 주차해 놓은 남색 스텔라 안에 앉아 할아버지가 운동하는 모습을 바라보곤 했다. 할아버지는 집안의 첫 손주였던 나를 무척 예뻐하셨기에 주말이면 아침부터 나를 차에 태우고 교외로 나가 여기저기 구경을 시켜 주셨다(일찌감치 드라이브의 맛을 알게 된 건 할아버지 덕분이다. 그렇지만 할아버지와의 드라이브가 썩 달갑지만은 않았다. 그 당시에도 스텔라는 유물급 자동차였는지, 정지 신호를 받아 기다리고 있을 때면 도로 위의 수많은 시선이 일제히 스텔라로 쏠렸기 때문이다. 눈높이가 비슷한 승용차는 말할 것도 없다. 특히 버스에서 차를 내려다보는 사람들의 시선은 유독 강렬했는데, 차창을 뚫고 들어와 내 뺨에 닿을 정도로 따끔하게 느껴졌다).

할아버지는 집으로 돌아가기 전 운동장에 차를 세우고는 나에게 잠시 기다리라고 말한 뒤 달리기 시작하셨다. 나 때문에 못 했던 그날의 아침 운동을 보충하는 시간이었다. 할아버지의 운동복은 집에서 입는 흰색 난닝구에 흰색 반바지였는데, 달리는 할아버지를 멀리서 보면 얼핏 하얀 점처럼 보였다. 하얀 점이 일정한 리듬으로 내게서 가까워졌다가 멀어지길 반복했고, 나는 하얀 점의 주기를 지긋이 응시하다 깜빡 잠이 들곤 했다. 그렇지만 할아버지는 나를 언제까지고 관중석에 내버려두지 않았다. 내가 점점 자라기 시작하자 할아버지는 나를 올림픽 선수촌에 집어넣기라도 할 것처럼 온갖 운동을 다 시키셨다. 모두 당신의 취미였다.

할아버지의 구령에 맞춰 운동장을 달리는 건 기본이었고 "할아버지, 손 놓지 마세요오오오!"라는 외마디 절규와 함께 자전거를 배웠다. 내 또래들이 피겨 스케이트를 신고 팔랑팔랑 나비처럼 가볍게 턴을 돌 때, 나는 스피드 스케이트를 신고선 허리를 바짝 숙이고 앞서가는 할아버지를 따라 얼음을 갈랐다. 나는 땀이 뚝뚝 떨어지는 이마를 손으로 훔치며 운동장을 뛰다 넘어지고, 할아버지의 투박한 쌀집 자전거를 타다 넘어지고, 아이스 링크에서 또 넘어졌다. 그중에서도 할아버지는 테니스를 특히 좋아해 나에게도 몇 번이나 가르쳐 주려고 하셨다. 아마 나를 잘 키워서 벽이 아닌 사람과 시합하는 큰 그림을 그리셨던 것 같다. 하지만 내가 테니스에 영 흥미를 못 붙이자 할아버지는 내 손에 테니스 라켓 대신 배드민턴 라켓을 쥐여 주셨다. 일요일 아침이면 건

물 앞 공터에서 몇 시간씩 배드민턴 라켓을 휘둘렀다. 힘들면 언제든지 그만둘 수 있었다. "하기 싫어요!"하고 집으로 가 버리면 그만일 텐데 나는 입술을 꼭 깨물었다. 퀘스트에 대한 보상이 달콤했기 때문이다.

고된 훈련(?)이 끝나고 나면 할아버지가 자판기에서 핫초코 한 잔을 뽑아 주셨다. 벌겋게 달아오른 얼굴로 가쁜 숨을 몰아쉬면서, 여전히 쿵쿵거리는 심장 쪽을 손바닥으로 지그시 누르며, 천천히 종이컵을 기울여 들이켤 때의 기분을 어떻게 설명할 수 있을까. 두 눈 가득 들어온 하늘은 언제나 파랬고, 달콤하고 뜨끈한 기운이 몸속으로 느릿하게 퍼졌다. 한 잔을 가뿐하게 마시고 나면 계속해 볼 용기가 났다.

시간이 흘러 내가 대학생이 되었을 때의 일이다. 오랜만에 할머니 집에 들렀다. 비가 제법 내려 아침부터 어둑한 날이었는데, 아니나다를까 할아버지는 집에 안 계셨다. 잠시 후에 돌아온 할아버지의 난닝구와 반바지는 푹 젖어 있었다. 이런 날엔 좀 쉬셔도 되지 않을까. 새삼 궁금해졌다.

"할아버지, 근데 운동을 왜 그렇게 열심히 하세요?"

"건강." 할아버지의 답은 짧았다.

"그럼 언제부터 하셨는데요?"

"너만 한 나이 때부터."

그제야 나는 할아버지가 20대의 어느 날에 시작한 달리기를 지금껏 이어 오고 있다는 사실을 알게 됐다. 운동을 시작한 이유는 평범했지만 몇십 년 동안 해 오고 있다는 건 결코 평범하지 않았다. 무언가를 꾸준히 한다는 건 깊은 사랑과 커다란 용기를 필요로 하니까.

할아버지가 시키는 대로 뛰고 구르고 얼음을 지치던 그때는 그저 당신이 즐기는 운동 몇 가지를 알려 주시는 거라고 생각했다. 솔직히 때로는 원망하는 마음이 들 때도 있었다. 하지만 이제 와 지난날을 돌아보니, 나는 그 시간을 통과하며 쉽사리 포기하지 않고 끝까지 해내는 마음을 배운 것 같다. 중요한 것은 꺾이지 않는 마음이라잖나. 그 중요한 걸 일찍 배웠다. 달콤한 핫초코와 함께.

할아버지의 조기 교육 덕분에 운동 몇 가지는 초보치고 곧잘 하는 편이다 보니 "전에 배운 적 있어요?"라는 질문을 한 번씩 받곤 한다. 그럴 때마다 "어릴 때 할아버지한테 배웠어요"라고 답하게 되는데, 그러고 보면 할아버지는 장차 당신과 비슷한 취미 인간으로 자라날 나의 싹수를 진작에 알아보신 건가 싶기도 하다.

할아버지는 운동 외에도 취미가 꽤나 많았다. 묵직한 카메라를 들고 다니며 사진 찍는 걸 좋아하셨고, 이웃집 민원 때문에 잘 틀지도 못할 업소용 노래방 기계를 안방에 들여놓을 정도로 노래도 좋아하셨다. 머리맡에는 항상 바둑판이 있었고, 책장에는 갖가지 책이 빼곡했다. 미용 가위로 나와 동생의 머리를 직접 다듬어 주시기도 했다(우리 남매의 어릴 때 사진을 보면 언제나 바가지 머리를 하고 있다). 어릴 적 할아버지가 나에게 건넨 핫초코에는 이런 말이 담겨 있지 않았을까.

"지현아, 내가 뭘 열심히 해 봐서 아는데 말이다, 분명 다시 시시해질 때가 있다. 그때 확 그만두면 마 이도 저도 안되는 거다. 그럴 땐 핫초코 한 잔 딱 마시고 다시 한번 해 봐라."

어느덧 아흔을 훌쩍 넘긴 할아버지는 운동을 그만두신 지 오래다. 종일 방 안에 가만히 앉아 계신다. 차창 밖의 할아버지를 지켜보던 자동차 안으로 내리비치던 나른한 햇살, 할아버지와 함께 자판기 앞에서 핫초코를 나눠 마셨던 날들은 꿈결처럼 아련하고 아득하다. 내 눈앞의 하얀 점이 점점 작아지다 이윽고 사라진다.

　이제 핫초코는 카페에서 아무 때고 마실 수 있다. 얼굴 위로 흘러내리는 땀방울 없이도, 콩닥대는 심장 박동 없이도, 자판기에서 뽑은 것보다 훨씬 근사한 핫초코를. 그렇지만 나는 함부로 핫초코를 마시지 않는다. 아주 지치고 힘들 때만 딱 한 잔을 마신다. 나에게 핫초코는 포기하고 싶은 마음을 목적지까지 이어 주는 용기의 음료니까. 매일같이 씩씩하게 달리던 인생 선배가 알려 준 끈기의 음료니까. 찐하고 달콤한 핫초코를 마셨으니 그래도 한 잔의 몫만큼은 내디뎌 봐야지. 그래도 안 되면? 백 잔 더 마시고 난 뒤에 생각해 봐도 괜찮겠지, 뭐.

그렇지만 빛나는 것

내가 좋아하고 사랑해 마지않는 것.
내 삶을 조금 더 밝혀 줄 수 있는 것.
나는 그것을 잃고 싶지 않았다. 소중히 지키고 싶었다.

내 눈에 멋있지 않은 사람이 어디 있겠냐마는, 특히 그림 그리는 사람은 정말로 멋있다. 어쩌면 내가 가장 되고 싶었던 모습이어서 그럴지도 모르겠다. 나는 그림 그리는 걸 너무나 좋아하는 아이였다. 사진 속 나는 엉덩이를 한껏 추켜든 채로 바닥에 엎드려 그림을 그리고 있거나 완성된 그림을 들고 손가락으로 브이 자를 그리고 있다. 내 스스로가 자랑스러워서 참을 수 없을 정도로 뿌듯한 마음을 짐짓 숨겨 보려고 애쓰는 이상한 표정으로. 초등학생, 중학생 때는 미술 선생님의 눈에 들어 시에서 여는 큰 대회에도 몇 번 나갔다.

엄마에게서 물려받은 유전자 덕분일 거라 짐작하고 있다. 엄마는 선생님이 미대 진학을 강력하게 권유할 정도로 그림을 잘 그리는 학생이었지만, 가부장의 끝판왕이었던 할아버지의 반대로 결국 미대에 가지 못했다. 그리고 결혼해 두 아이를 낳아 기르면서 그림과 점점 멀어졌다. 엄마도 그렇게나 좋아하던 그림을 놓는 게 쉽진 않았을 테다.

내가 어릴 때만 해도 엄마는 그림을 껴안고 살아 보려는 노력을 했다. 엄마가 다니던 '순 화실'도 아직 기억하고 있다. 아버지, 엄마, 나, 동생. 네 식구가 한 칸씩 자기 몫으로 쓰던 서랍장의 위에서 두 번째인 엄마 칸에는, 배가 통통한 12색 유화 물감이 든 종이 상자가 있었다. 집에 아무도 없을 때면 나는 몰래 상자를 꺼내 보곤 했다. 화실에 간 엄마가 물감을 꾹 눌러 짠 뒤 그림 그리는 모습을 떠올려 보면 마음이 달고 뭉클했다.

시간이 한참 지난 어느 날, 문득 엄마 칸을 열어 보니 물감 상자가 사라지고 없었다. 그제야 엄마가 화실에 가지 않은 지 오래되었다는 걸 깨달았다. 한참을 쓰지 않아 이미 딱딱하게 굳어 버린 물감은 버리는 수밖에 없었겠지만, 엄마는 그 뒤로 다시는 물감을 사지 않았다. 물감을 내다 버릴 때 엄마는 어떤 마음이었을까. 어쩌면 그림에게 영원한 안녕을 고하는 마음이었을지도 모르겠다.

나 역시 미대에 가고 싶었지만 엄마의 반대로 가지 못했다. 안 보내 주면 대학 안 가겠다고 한 번쯤은 바닥에 드러누워 봤다면 어땠을까 싶기도 하지만, 그때는 아무 말도 못 했다. 집안 형편이 빤했기 때문이다. 그래도 그림 그리는 건 여전히 좋았다. 수능을 마치고 아르바이트를 하던 파스타 가게 사장님의 부탁으로 쿠폰에 쓸 캐릭터를 그렸다. 대학에 가서도 그림을 그려 달라는 부탁을 꽤 자주 받았는데, 작게는 교내 행사 안내에 쓸 캐릭터부터 크게는 연극제 무대 배경까지 맡아 그렸다(학생회 선배들이 시켜서 등록금 인상 반대 포스터도 몇 번 그렸다). 엄마는 그럴 거면 대학을 왜 갔느냐며 못마땅해했지만. 대학을 졸업한 뒤에도 간간이 그림 그릴 일이 생겼다. 출판사에 다닐 때는 책 표지에 실을 일러스트를 그리기도 했고, 광고 대행사에 다닐 때는 카드 뉴스에 쓸 그림을 그렸다. 지금은 원고를 쓰는 틈틈이 이 책에 쓸 일러스트도 그리고 있고 말이다.

나는 그림이 왜 좋았을까? 그리다 보면 그림과 내가 아주

가느다란 실로 연결되어 있다는 느낌이 들었다. 그럴 때면 무언가를 좋아한다는 건 이런 느낌이구나 싶어서 붓을 쥔 손에 괜히 힘을 줘 보기도 했다. 그렇지만 언제부터인지 모르게 나는 그림을 그리지 않고 있었다. 엄마 칸을 열어 물감의 빈자리를 확인했을 때와 비슷한 기분이었다. 어느새 나도 그렇게 엄마를 닮아 있었다.

하지만 나는 엄마와 달리 그림에 영원한 안녕을 고하진 못했다. 잔뜩 사둔 스케치북도, 물감도 몇 년이 지나도록 버리지 못했고, 크고 작은 전시회를 여전히 자주 찾았다. 좁은 골목길을 걷다 만나게 된 갤러리에서 눈길을 끄는 그림을 보면 그 앞에서 한참이나 서 있었다. 언제까지고 머무를 것처럼.

하루는 우연히 서점에서 그림책 한 권을 발견했다. 장난기가 느껴지는 다정한 시선과 밝고 부드러운 색채가 그림에 생명력을 불어넣고 있었다. "와, 나도 이렇게 그리고 싶다"라는 말을 무심결에 중얼거렸고, 내 말에 내가 놀랐다. 그리고 싶은 마음이 아직 남아 있다고? 그 뒤로 같은 작가의 책 몇 권을 찾아 읽었다. 책에 실린 그림은 꼭 어린아이가 그린 것 같았다. 그림을 좋아하고 사랑하는 마음이 산뜻한 빛깔로 듬뿍 칠해져 있었다. 한번 싹튼 마음은 책장을 넘길 때마다 점점 키를 높여 자랐다. 그렇지만 나는 이제 어린아이가 아니었다. 그땐 어떻게 그렸을까 싶게 그림을 그리는 게 두려웠다. 이젠 나에게 그림을 그려 달라는 사람도 없었고, 굳이 그림을 그려야 할 이유도 없었다. 그래도 그리고 싶다면 그리는 게 맞나. 그린다면 뭘, 어떻게 그려야 하나. 오랜 고민과 몇 번의 망설임 끝에 메일을 썼다. 그림을 그린 작가님에게 답을 듣고 싶었다.

노석미 작가님, 안녕하세요.

메일을 드릴지 말지 고민을 많이 했는데(이런 메일을 많이 받으실 거 같아서) 용기를 내서 메일을 보내 보기로 했어요. 저는 중고등학교 때는 그림 그리는 걸 무척 좋아했지만 대학에 진학하며 다른 전공을 선택하게 됐고, 또 회사원이 되면서 자연스레 그림과는 먼 삶을 살았습니다. 그런데 작가님의 책을 보고 나서 다시 그림을 그려 보고 싶은 마음이 생겼어요. 그림을 그리고 싶다면 그저 혼자서 그려 보는 것만으로도 충분할까요? 아니면 대학 같은 전문 교육 기관에서 배워야 할까요?

작가님의 그림을 좋아하는 이유는 마음에 쏙쏙 들어오기 때문인데요. 저도 혼자서 계속 그리다 보면 저만의 스타일을 찾게 될지, 아니면 교육 기관에 들어가서 기초부터 배우는 게 맞을지 고민이 됩니다.

다시 그리고 싶은 사람에게 조언을 좀 주실 수 있을까요? 고맙습니다.

어쩌면 답장이 안 올지도 모른다고 생각했지만, 며칠 뒤 답장을 받았다. 역시 작가님은 그림처럼 부드럽고 따듯한 사람이었어.

안녕하세요, 지현 님.

그림을 그리거나 배우는 데는 왕도가 따로 있지는 않습니다. 혼자서도 그리고 어떤 교육 기관을 찾아서 다녀 보는 것, 다 의미가 있습니다. 무작정 그림을 혼자서 그려 보는 것도 나쁘지 않습니다. 이것저것 자료들을 통해 <u>스스로</u> 학습해 보는 것도 좋지요. 둘 다 해 보는 걸 권해 드리고 싶습니다. 하다 보면 더 좋은 방식이 다음 길을 열어 줄 거라고 생각합니다.

뭐든 시작이 어렵고 두렵습니다. 하지만 시작하면 흘러가고 걸어가게 됩니다. 어떤 결과나 목적을 두지 않고 일단 시작해 보세요. 나머지는 천천히(어쩌면 너무나 천천히) 올 것입니다.

저는 개인적으로 아마추어 그림 그리기에 대해 매우 추천해 드리는 편입니다. 일상이 행복해지는 순간이 찾아올 것입니다. 또 그러기를 매우 바랍니다. ^^

고맙습니다.

메일을 몇 번이나 읽었다. 하다 보면 더 나은 방법이 다음 길을 열어 줄 거라는 말, 시작하면 흘러가고 걸어가게 된다는 말이 좋았고, 그리다 보면 행복해지는 순간이 찾아올 거라는 말은 고마웠다.

지난해에는 작가님의 전시에도 다녀왔다. 그림책에 실린 원화, 색색의 천을 바느질해 만든 인형, 손바닥만한 크기부터 한껏 목을 빼고 올려다보아야 할 정도로 큼지막한 그림까지…… 갤러리 곳곳마다 그에 꼭 어울리는 작품들이 전시되어 있었다. 주제도, 표현 방식도 제각각 달랐지만 작품마다 매력이 물씬 느껴졌다. 화폭에 담아낸 순간은 평범하고 때로는 시시한 일상의 한 조각일 뿐인데도, 작가의 천진한 눈과 손을 거치고 나면 벽에 걸어 놓고 싶을 만큼 사랑스러운 장면이 되었다. 쨍한 초록색의 플라스틱 소쿠리에 담긴 황금향, 시커먼 반점이 전체를 뒤덮을 정도로 물컹하게 익어 버린 바나나, 책상 위에 덩그러니 놓여 있는 수박 한 통을 바라보는 순간이 왜 이토록 애틋하고 소중하게 느껴지는 건지. 〈접시 위의 버섯Mushrooms on a plate〉을 보고는 갤러리에 들어서며 들었던 말이 떠올라 절로 미소가 지어졌다(전시를 보고 나오던 누군가가 "나는 양송이 먹을 줄이나 알았지"하고 중얼거렸다). 접시에 소담하게 담겨 있는 앙증맞은 양송이 세 개가 햇살을 받아 부드럽게 빛나고 있었고, 그림 옆의 벽면에는 작가의 말이 쓰여 있었다.

예술은 이 사회에 무수히 존재하는 것들 중에 매우 작은 지점이에요. 하지만 빛나는 거죠. 없어도 돼요. 그렇지만 있으면 빛나는 거예요.

나는 그 앞에 서서 한참 동안 작가의 말을 들여다보다 작게 소리 내어 읽어 보았다. ……그렇지만 빛나는 것. 굳이 없어도 된다 할지라도 나는 그것을 잃고 싶지 않았다. 소중히 지키고 싶었다.

　예술의 자리에 이것저것을 넣어 본다. 내가 좋아하고 사랑해 마지않는 것들. 내 삶을 조금 더 밝혀 줄 수 있는 것들. 글도 넣어 보고, 그림도 넣어 보고, 마침내 취미도 넣어 본다. 취미 또한 이 삶에 무수히 존재하는 것들 중에 매우 작은 지점. 없어도 되지만 있으면 반짝반짝 빛이 나는 것. 취미의 정의로 이만큼 꼭 들어맞는 말이 있을까. 아무쪼록 다들 각자의 것을 찾기를, 또 그러기를 매우 바랍니다. ^^

-2부-

사랑하는 나의 세계로

베이스: 청춘의 안부

영상 속 징-지잉 하는 소리와 손끝으로 짚어 보던
허공의 감촉만이 남아 있다. 조금은 그 소리에 기대
그 시절을 지나올 수 있었던 게 아닐까.

수능을 마친 나의 위시 리스트 중 하나는 드럼을 치는 거였다(보라색으로 염색하기도 있었지만, 아직까지 망설이는 중). 이렇다 할 계기도 없이 언제부턴가 강렬하게 끌렸기에 그땐 드럼이 운명의 악기라고 믿어 의심치 않았지만, 지금 생각해 보면 지난한 수험 생활을 거치는 동안 차곡차곡 축적되어 있던 순도 백 퍼센트의 스트레스 때문이 아닐까 한다. 뭐든 콱 때려 부수고 싶은 충동이 내 안에서 요동을 치고 있었으니(그때 나의 유일한 스트레스 해소법은 이불을 뒤집어쓰고 꽥꽥 소리를 지르는 거였다). 그런 마음이 그저 드럼 연주라는 형태로 점잖게 표출되었을 테고.

그 무렵 나는 곧 다니게 될 대학교 근처의 파스타 가게에서 아르바이트를 시작했고, 아르바이트를 마치면 학교 부근을 한 바퀴 빙 돌며 드럼을 배울 만한 학원을 찾아다녔다. 그러던 어느 날 후문 근처에서 간판 하나를 발견했다(두 글자였던 건 분명한데 '음악'이라고 쓰여 있었는지 '악기'라고 쓰여 있었는지는 기억이 가물가물하다).

계단을 올라 문을 빼꼼 열었다. 굽슬굽슬한 노란 머리가 가슴께까지 오고 얼굴빛은 불콰한 데다 짙은 선글라스를 낀 사람이, 도끼빗으로 한가로이 머리를 빗으며 앉아 있었다(이 얼마나 강렬한 첫인상인가!). 여기가 맞나? 나는 불안한 눈빛으로 재빨리 사방을 살펴보았다. 벽에 걸린 기타며 베이스가 잘못 찾아온 것이 아님을 알려 주고 있었지만, 그래도 강한 의구심이 들어 선뜻 안으로 들어가지 못하고 문 앞에 어정쩡하게 서 있었다. 몇 분쯤 지났을까, 시선을 문 쪽으로 돌린 도끼빗 주인(?)이 나를 발견하고는 들어오라고 손짓했다. 이 도끼빗이 네 도끼빗이냐와 같은 물음을 내심 기대했지만, 뭐 배우려고? 드럼이요, 하는 지극히 정상적인 물음과 답이 오갔다. 순조로운 출발이었다. 드럼 배우러 왔다는 말에도 드럼을 배울 수 없었다는 사실만 빼면.

학원에 연습용 드럼 패드가 하나밖에 없다는 이유였다. 전공은 뭐냐. 중국어요. 드럼은 왜 배우려고. 음…… 그냥 요. 여기는 어떻게 알았냐. 지나가다 들어왔는데요. (잠시 침묵) 근데 실내에서 선글라스는 왜 끼세요? (다시 침묵) 도끼빗 선생님과 이런저런 대화를 나눈 끝에 그가 기타리스트라는 걸 알게 됐다. 벽에 걸린 기타는 많은 데 비해 드럼 패드가 딱 하나뿐인 상황이 이해가 갔다(그런데 기타리스트에게 드럼을 배울 수 있는 건지 글을 쓰는 지금에야 의문이 든다. 아무튼). 드럼 패드는 안쪽에 있었는데, 마침 샛노란 숏커트를 한 여자애가 그 앞에 앉아 양손에 쥔 스틱으로 사정없이 내리치고 있었다. 두들겨 패는 건 응당 내 몫이어야 했거늘. 난감한 표정을 짓고 선 나를 보며 선생님이 대뜸 벽에 걸린 기타를 가리켰다. "너 기타 칠래?"

드럼에 열망이 컸다면 고요히 인사를 하고 다른 학원을 찾아갔을 텐데, 잠깐 생각해 보니 꼭 그런 것도 아니었기에 뭐든 깨부수고 싶어 하던 열여덟 살은 얼결에 선생님이 내주는 기타를 품에 안았다. 기타를 연주하는 사람이 멋지다고 내심 생각해 왔기에, 기타를 치는 내 모습도 꽤 괜찮을 것 같았다. 그렇지만 기타와 친해지는 건 좀처럼 쉽지 않았다. 땡땡한 나일론 줄을 누를 때마다 손끝을 날카롭게 파고드는 통증 때문에 신경이 곤두섰다. 게다가 줄은 뭣 때문에 여섯 개나 되며 코드는 또 왜 이렇게 복잡한 건지. 입문자의 절반이 눈물을 흘리며 돌아선다는 공포의 F코드 앞에서, 나 역시 손가락 사이를 있는 힘껏 벌려 가며 끙끙거려 봤지만 금세 흥미를 잃었다.

구석에 앉아 기타를 껴안고는 연습을 하는 둥 마는 둥 하는 나를 보며 선생님이 말했다. 넌 베이스 해라. 베이스요? 야, 여자가 베이스 연주하면 얼마나 멋있는데. 그럼…… 그럴까요? 드럼에서 기타로 가볍게 노선을 변경한 것처럼 기타에서 다시 베이스로 이동했다. 여자가 베이스를 치면 멋있다는 말에 솔깃했던 것 같다. 제때 자르지 않아 콧잔등을 덮던 덥수룩한 앞머리에, 사시사철 체육복만 입고 살던 추레한 수험생 시절은 이제 안녕! 그때 나는 남들 눈에 조금이라도 멋있게 보이고 싶어 안달이 나 있었다. 베이스가 기타보다 줄이 두 개 적으니 코드가 좀 더 쉬울 거라는 얄팍한 계산도 깔려 있었고.

기타 대신 들게 된 베이스는 기타보다 훨씬 묵직했지만, 더해진 무게만큼이나 내가 뿜어내는 멋의 총량도 늘어난 것 같았다. 얼마간은 벽에 걸린 악기를 빌려 썼지만 모름지기 실력이 늘려면 자기 악기가 있어야 한다는 선생님의 말에 베이스를 사기로 했다. 아르바이트로 번 월급을 다 털었다. 파스타 가게 사장님은 네 손으로 처음 번 돈이니 부모님 내복이라도 한 벌씩 사 드리라고 조언해 주셨지만, 철딱서니가 없었던 나는 되려 엄마에게 돈을 더 받아 중고 일렉트릭 펜더 베이스를 샀다. 하얀 바디가 반들반들 윤이 나는 멋진 녀석이었다. 그리고…… 너무너무 무거웠다.

그렇지만 오로지 폼을 잡기 위해 선택한 악기였기 때문에 한동안은 어깻죽지가 패도록 베이스를 메고 학교 안을 돌아다녔다(나의 멋있음을 더 많은 이들에게 알리기 위해 부러 먼 길을 돌아가기도 했다). 처음으로 가지게 된 내 악기인 데다, 거리에서 마주치는 사람들이 흘끔흘끔 던지는 눈길을 받는 기분이 썩 괜찮았다. 잠깐이나마 유명 뮤지션이 된 느낌이었달까. 하지만 무대 위에서 멋있게 연주하는 내 모습을 상상만 했지, 그 상상이 현실이 되도록 연습하진 않았기 때문에 베이스도 기타와 마찬가지로 곧 시들해졌다.

나는 학원 구석에 앉아 베이스를 무릎 위에 얌전히 올려놓은 채 하나뿐인 드럼 패드 앞에 앉은 그 애의 등을 자주 바라봤다. 쟤 언제 그만두려나, 쟤가 관둬야 내가 드럼을 칠 텐데. 드럼이야말로 내가 연주해야 할 악기라는 확신이 다시금 들었다. 그래도 당장 그만두지 않았던 이유는 학원 특유의 분위기 때문이었다.

수강생이 많지 않은 데다 한번 엉덩이를 붙이고 앉으면 몇 시간씩 연습하는 게 기본이었기에 언제 가든 익숙한 얼굴들을 만날 수 있었다. 이미 한잔 걸친 듯한 얼굴로 머리를 빗으며 농담을 툭툭 건네던 선생님, 대학 가요제를 준비하며 같은 부분만 주야장천 연습하던 오빠들, 베이스 재미없다고 투덜거릴 때마다 선생님이 가리키던 단발머리 언니(쟤 좀 봐라, 쟤! 얼마나 멋있니?), 별말 없이 패드를 두드리던 드럼 소녀. 오빠 셋이서 연주하는 기타 소리와 그 옆에 앉은 언니가 퉁기는 베이스 소리, 한쪽 구석에서 일정한 박자로 들려오는 드럼 소리에 별안간 선생님이 기타를 북 그으며 부르기 시작하던 블루스 한 소절까지. 드르르릉, 둥둥둥, 탁탁탁, 지이이잉– 저마다 좋아하는 악기를 붙들고 골몰해 있는 모습을 바라보고 있자면 나도 슬그머니 마음이 동해 엉거주춤

안고 있던 베이스를 바로 당겨 안고서 소리를 보탰다. 둥둥 둥– 둥둥둥–

악기 소리와 그 사이를 메우는 실없는 농담과 여기저기서 터져 나오는 웃음소리가 나의 한 시절을 차지하고 있었다. 밥상에 늘 오르는 된장찌개처럼 익숙했기에 그 소리들을 두고 어떻다 저떻다 감흥을 논하진 않았지만, 따져 보자면 좋아하는 편이었다. 소리들이 내 삶에 오래도록 머물러 주었으면 했으니까. 하지만 일 년쯤 지나 나는 학원을 그만두게 되었다. 교환 학생으로 유학을 가게 됐기 때문이다. 처음으로 집을 떠날 준비를 하느라 마음이 어수선했던 나는, 베이스는 생각조차 못하고 있다가 출국을 며칠 앞두고 아는 사람을 통해 헐값에 팔아 버렸다. 돌아오면 다시 학원에 다니겠지만 그땐 베이스가 아니라 드럼을 칠 거니까.

그렇지만 간신히 유학을 마치고 돌아온 나는 학원으로 갈 수 없었다. 몸과 마음이 상할 대로 상해 계획에 없던 휴학계까지 내야 했고 한동안 아무도 만나지 않고 방 안에 틀어박혀 지냈다. 유학을 기점으로 나는 완전히 망가져 버린 것 같았다. 한번 밖에 나갈라치면 몸에 힘이 없어 채 5분을 걸지 못하고 길바닥에 쭈그려 앉았다. 몇 군데 병원에서는 우울증이라느니 공황 장애라느니 여러 진단명을 내놓았는데 받아 온 약을 한 움큼씩 삼켜도, 상담의라는 사람 앞에서 눈물을 철철 흘리며 공포와 절망만이 가득한 내 마음을 한바탕 쏟아 놓아도 회복될 기미가 전혀 없었다. 내가 할 수 있는 건 매일매일 가만히 누워 있는 것뿐.

식구들이 다 빠져나간 텅 빈 집에서 고요를 베개 삼아 온종일 누워 있으면 익숙한 그 소리가 귓가를 맴돌았다. 드르릉, 둥둥둥, 탁탁탁, 지이이잉- 다들 잘 지낼까? 사람들이 내 안부를 궁금해할지도 모른다는 생각이 들 때면, 눈을 감고 허공을 더듬어 베이스 줄을 퉁겨 보았다. 선생님의 공연 영상 몇 개를 찾아보기도 했다. 검색창에 선생님의 이름을 입력할 때면, 악기 소리와 함께하던 순간을 불러오는 듯한 느낌이 들었다. 다시는 돌아갈 수 없는 시간이지만 클릭 한 번이면 그때로 되돌아갈 수 있을 것만 같은, 울 것도 같고 웃음이 날 것도 같은 이상한 기분이 싫지 않았다.

선생님은 간간이 앨범도 내고 공연도 하며 지내고 있었다. 귀에 익은 멜로디, 근엄하게 들리지만 왠지 그 아래에 장난기가 납작하게 깔린 듯한 굵은 목소리, 컬이 진 긴 머리,

실내에서 고수하는 선글라스, 모든 게 그대로였다. 선생님, 여전히 좋아하는 일 하면서 멋있게 잘 지내고 있으시네요. 저는 그깟 자격증 따느라, 시험 점수에 목매느라 고장이 나 버렸거든요. 바보처럼 고장나는 줄도 모르고 버텼는데, 이젠 어떻게 고칠 수 있는지도 모르겠어요.

'고장 전'으로 돌아가고 싶다는 생각이 간절할 때는 영상을 여러 번 봤다. 영상을 보다 보면 다 녹은 아이스크림처럼 흘러내리던 마음이 단단하게 뭉쳐지는 것 같기도 했다. 구석에 맥없이 앉아 있다가도 나를 둘러싸는 소리에 괜히 손가락이라도 까딱거려 보던 그때처럼. 나는 부디 이 시기를 어떻게든 흘려보내고 무탈한 일상으로 되돌아갈 수 있기를 바랐다. 베이스를 안은 채 선생님과 농담을 주고받는 하루를 다시 맞이할 수 있기를 기다리는 동그란 마음이 되어서는.

나는 다행히 어찌어찌 그 시기를 지나왔다. 가끔 그때를 떠올려 보면 미워했던 누군가의 얼굴을 오려 낸 옛 사진을 들여다보는 것만 같다. 기억하기가 싫은 건지 기억할 수가 없는 건지, 눈앞에 아른아른하는데도 도통 떠올릴 수가 없다. 그저 영상 속 징–지잉 하는 기타 소리와 손끝으로 짚어 보던 허공의 감촉만이 남아 있다. 조금은 그 소리에 기대 그 시절을 지나올 수 있었던 게 아닐까.

영상 속 선생님의 모습은 2010년이 마지막이다. 선생님은 어딘가에서 여전히 음악을 하고 있을까. 도끼빗으로 길고 부스스한 머리를 빗으며 문을 열고 들어선 이에게 드럼 대신 기타를 권하는 건 아닐까. 앞으로 베이스를 잡을 일이 또 있겠냐마는 인생의 일은 모르는 법이니까. 혹여 다시 베이스를 치게 된다면 선생님에게 배워 볼까 한다(물론 드럼은 다른 선생님에게). 언젠가 선생님을 만날 수 있다면 이렇게 말해야지. "힘들 때 선생님 음악 많이 들었어요"같은 간지러운 말 대신 "음악 좀 괜찮던데요?"라고.

학원에 선생님과 나만 있던 어느 오후였다. 가만히 내 베이스 소리를 듣고 있던 선생님이 심각한 표정으로 나를 불렀다.

"야, 너⋯⋯."

내 연주가 그렇게 심각했나? 긴장한 나는 꼴깍 침을 삼켰고 선생님이 말을 이었다. 침을 꿀꺽 삼키면서.

"고갈비 먹어 봤나?"

"아뇨? 고갈비가 뭔데요?"

"뭐? 고갈비를 안 먹어 봤다고? 하이고······."

고갈비를 얼마나 좋아했는지, 선생님은 틈만 나면 고갈비 송을 불러 댔다.

선생님이 즐겨 연주하던 자작곡을 들으며 이 글을 마무리한다.

고갈비 블루스 뿌연 담배 연기 속에 고갈비 블루스 바쁘 비워지는 술잔. 고갈비 블루스! 이대희, 〈고갈비 Blues〉

*지금도 나는 (이제는 아이 엄마가 된) 드럼 소녀와 가끔 소식을 주고받으며 지낸다. 이 글을 쓰며 승미에게 연락해 "대희 쌤은 이제 음악 안 하셔?"라고 물었더니 "연락 못 한 지 백만 년이여"라는 답을 받았다. 대희 선생님, 어디서든 멋있으시길!

연극: 오늘이라는 반짝임

그 긴 대사를 외우고 구르고 뛰며 소리쳤던 건
내 삶을 잊기 위해서가 아니라
내 삶을 더 잘 살아 보려는 노력이었다.

무엇을 시작할 때마다 주위의 사람들이 신기해하지만 연극만큼은 물음표의 끝이 유독 높았던 것 같다. "연그− 윽? 그걸 왜 하는데?"

고백하자면 나는 연기에 오랜 미련이 있었다. 이게 다 성당에서 했던 크리스마스 연극 때문이다. 내가 다니던 성당에서는 크리스마스를 맞아 학년마다 다양한 행사를 준비했는데, 그해 초등학교 4학년들은 연극을 하기로 했다. 연극이라니! 화장실 거울을 째려보며 드라마 속 주인공 대사를 작게 따라 해 보곤 했었기에, 어떤 역할을 맡게 될지 궁금해하며 배역을 정하는 날만을 손꼽아 기다렸다. 그렇지만 기대로 부풀었던 시간이 무색하게도 내가 맡은 역할은 뱀 장수였다. 예수님, 천사, 동방 박사 1, 동방 박사 2, 동방 박사 3을 두고 하필 뱀 장수. 뱀 장수는 다들 낄낄거리며 맡기를 꺼리던 역할이었다. 이름도 우스꽝스러운 데다 대사도 딱 한 줄밖에 없었으니까. 그 당시 숫기도, 말주변도 없던 나에게 자연히 그 역할이 왔다. 나도 다른 아이들처럼 멋지고 근사한 역할을 맡고 싶었지만 뭐라고 한마디 꺼내 볼 용기도 없었다. 사람들 앞에 서면 채 입을 열기도 전에 마음이 와들와들 떨렸으니까.

연습을 위해 모일 때마다 부러운 눈으로 다른 아이들의 연기를 유심히 지켜봤다. 나도 재들처럼 안 떨고 잘할 수 있다면 얼마나 좋을까. 그럼 나도 좀 더 멋있는 역할을 맡았을 텐데.

몇 번의 연습(구경) 끝에 이윽고 크리스마스이브가 되었다. 아버지의 가죽 벨트를 들고서 자그마한 지하 강당 무대에 섰는데 어찌나 떨리던지. 콩닥콩닥 뛰는 심장 박동을 느끼며 천천히 입을 열었다. 아직도 그때 외운 대사를 글자 하나 안 빼먹고 똑똑히 기억하고 있다(너무 짧아서 잊기도 힘들다). "뱀이 왔어요, 비얌이 왔어요. 몸에 좋고 맛도 좋은 비얌이 왔어요오." 천사는 하늘하늘한 레이스가 달린 새하얀 드레스를, 동방 박사 세 사람은 바닥까지 늘어뜨린 멋진 망토를 입고 서 있는데, 그 사이에서 볼품없는 빵모자를 눌러쓴 나는 관객들의 웃음소리를 뒤로하고 도망치듯 무대에서 내려왔다.

1분이 채 안 걸리는 짧은 대사를 마친 뒤에도 한참이나 다리가 달달 떨렸지만 희한하게도 그 떨림이 싫지 않았다. 그 떨림은 무엇이었을까. 화장실 거울이 아니라 많은 사람이 보는 앞에서 큰 소리로 외치는 순간의 시원함? 내가 완전히 다른 사람이 된 것 같은 짜릿함? 무어라 명확하게 설명할 순 없었지만, 또 한 번 무대에 올라 그 떨림을 맛보고 싶었다. 다음번엔 좀 더 오래.

그렇지만 연극은 끝났고, 돌아오는 크리스마스이브에는 3학년 동생들이 연극을 하게 될 거였다. 그렇게 몇 번의 크리스마스를 맞이하고 또 보내면서 나는 어느덧 어른이 되었다. 출근하며 퇴근을 꿈꾸고, 짧은 주말을 탄식하며 질세라 인기 맛집과 새로 생긴 카페를 기웃거리는, 좀 멋없는 어른.

어렸을 때 그려 보던 미래의 내 모습은 이런 게 아니었는데. 마음을 흠뻑 쏟을 만한 일을 마침내 찾아내 삶 속에서 잔잔한 기쁨과 보람을 누리는 사람이 되어 있을 줄 알았다. 매일은 아니더라도 기대와 설렘으로 두근거리는 날들이 제법 있을 줄 알았다. 시시해졌구나, 뻔해졌구나, 내 인생. 어느 하루는 출근을 하다 말고 나 자신이 돌이킬 수 없을 정도로 지루한 사람이 되었다는 자각이 들었지만, 그 사실에 새삼 마음이 서늘해지진 않았다. 앞으로 뭐 그리 달라질 게 있을까. 때로는 이미 누군가 했던 숱한 경험의 최고치를 맛보기 위해 살아가는 기분이 들기도 했다. 남들보다 좀 더 좋은 곳에 가 보고, 좀 더 맛있는 걸 먹어 보고, 좀 더 값진 것을 가지기 위해 아등바등해 보지만, 결국엔 삶을 낭비하고 있는 것만 같은 씁쓸한 기분. 이따금 견딜 수 없을 만큼 권태로울 때면 열 살 때 섰던 연극 무대를 떠올려보곤 했다. 그 기억은 곧잘 변형되어 무대에 선 나는 하얀 날개를 단 천사도 되었다가, 반짝이는 황금빛 망토를 두른 동방 박사도 되었다가, 수염을 턱 밑에 붙인 채 인자하게 웃는 예수님도 되었지만, 마지막엔 언제나 체크무늬 빵모자를 쓴 뱀 장수가 되었다. 뱀 장수는 무대에서 내려가지도 않고 무어라 한참 동안 신나게 떠들고, 관객들은 나를 향해 박수갈채를 보내며 환호한다(워후! 뱀 장수 최고!). 상상 속 무대일 뿐인데도 괜히 양볼이 화끈거리고 발바닥이 간지러웠다.

때로는 직장인 연극반이나 연기 학원 몇 곳을 찾아보기도 했지만 번번이 거기서 그쳤다. 꼬마 뱀 장수가 느꼈던 작은 떨림은 서랍 저 안쪽에 넣어 두곤 까맣게 잊고 있다 계절이 바뀔 때야 찾게 되는 옷처럼 한 번씩 생각나는 정도였고, 불쑥 솟구치는 간헐적인 갈증을 해소할 수 있는 마땅한 창구가 뭔지는 나도 잘 몰랐다. 무대가 필요하다면 어떻게든 무대에 오르면 되겠지만, 그게 내가 정말로 원하는 거라곤 생각하지 않았다. 그저 그때의 들떴던 기분이 그리운 것뿐이라고 여겼다. 삶에 대해 무시무시한 염증을 느낄 때면 핥아 보곤 하는 추억 속 솜사탕 같은 것이라고.

또 한 번의 크리스마스를 보내고 겨울이 깊어 가고 있었다. 그해 겨울은 유난히 길고 매섭게 느껴졌다. 내가 몸담고 있던 팀이 회사 방침으로 하루아침에 없어졌고, 삶의 권태에 지지 않겠다며 몇 년 동안 준비해 온 원고도 영 마뜩잖았다. 부당한 대우에 분노하는 것도, 잘 안 풀리는 원고에 낙담

하는 것도 모든 게 지겨웠다. 그날은 어딜 가는 중이었더라. 버스를 타고서 무심히 창밖을 바라보는데 광고판 하나가 눈에 들어왔다. 주의 깊게 살피지 않으면 눈에 띄지도 않을 만큼 작았다. 호기심이 일어 광고에 적혀 있는 글자를 핸드폰으로 검색해 보니 연극 수업이 있었다. 수업의 마지막은 무대에 공연을 올리는 것으로 마무리되는 세 달짜리 코스였다.

"……연극이나 해 볼까?" 그때 나는 그런 게 좀 필요했다. 잘 살아 있다는 기분. 그저 그렇게 하루하루를 흘려보내는 게 아니라, 삶의 한순간이라도 제대로 거머쥐고 있다는 감각. 내 삶에 남의 삶을 덧씌운 잠깐이라 해도 좋았다. 시간과 비용을 지불하고 그 기분을, 그 감각을 기꺼이 구입하기로 마음먹었다. 나는 연극 수업에 등록했다. 대본을 받고 역할까지 나누고 나니 연극이 벌써 시작된 것 같았다.

나는 뚱뚱이와 홀쭉이, 보통이 세 사람 중 대사가 제일 많은 뚱뚱이를 골랐다. 뱀 장수의 미련 때문일까, 얼마 만에 하는 연극인데 이번엔 무대에서 실컷 떠들고 싶다는 욕심이 있었다. 뚱뚱이는 유려한 말솜씨로 사람들을 자기 뜻대로 조종하려는 인물이다. 워낙에 말이 많은 데다 다른 이의 마음을 흔들어 놓으려 온갖 궤변까지 줄줄 늘어놓다 보니, 일상에서 거의 쓰지 않는 현학적인 표현을 즐겨 썼다. 예를 들자면 이런 식이다. "세상의 정의! 도덕적인 빚! 보편적이고 절대적이며 포괄적인……", "겸손하고 우호적이며 맛있는 사람으로서……(앗, 스포일러는 여기까지!)." 이렇다 보니 대사가 좀처럼 입에 붙지 않아 애를 먹었는데, 하루는 외우고 외우다 지쳐 세어 보니 대사 한마디가 A4용지 기준으로 열여덟 줄이었다(맙소사, 뚱뚱이 당신은 대체!). 대사에 굶주려 있던 뱀장수도 이만하면 되었다고 두 손 두 발 다 들 정도.

지하철과 버스 안에서, 카페에서 음료를 기다리면서, 밥을 먹으면서, 잠들기 전까지도…… 하여간 틈만 나면 대본을 들여다봤다. 지하 연습실에서 뛰고 구르고 목이 터지도록 소리 질렀다. 즐거웠다. 맹렬하게 연습하는 동안 내 삶은 잠시 잊었다. 그저 무대에서 잘 해내고 싶은 생각뿐이었다. 빛나는 무대를 위해 내 삶을 열심히 쓰고 나면, 그 후에 마주하게 될 내 삶이 너절하고 초라하게 느껴진대도 얼마간은 무대에 섰던 기억을 한 번씩 꺼내 보며 버틸 수 있을 거라 생각했다.

그렇게 디데이가 되었다. 서늘한 마룻바닥에 한참을 누

위 있다(조난당한 데다 며칠을 쫄쫄 굶다 보니 일어날 힘도 없다는 설정이다. 아앗, 또 스포일러를!) 잔뜩 긴장한 채로 극을 여는 첫 대사를 한 건 분명히 기억나는데 어느 틈에 연극이 끝나 있었다. 끝나고 보니 막상 아무것도 기억나지 않았다. 다만 무대에 서 있는 내내 눈두덩이 따갑도록 쨍했던 조명의 열기와 맨발바닥에 닿던 나무의 까슬한 촉감만이 남았다. 백 일 남짓한 시간을 오로지 무대에 오르는 순간을 위해 바쳤다고 생각했지만 어쩌면 그게 아닐지도 몰랐다. 무심하게 여겼던, 무대 위의 반짝이는 순간과는 비할 수 없이 평범하다고 생각했던 장면 장면이 시간이 지날수록 또렷해졌다. 반복되는 누군가의 실수에 겨우 참고 있던 웃음이 터져 나오던 순간, 연습실 바닥에 옹기종기 모여 앉아 나누었던 이야기, 혼자 탄 엘리베이터 안에서 중얼중얼 대사를 외우다가 거울 속 나와 눈이 마주쳤을 때의 기분(서로를 보며 씩 웃어 주었다) 같은 것들이.

생생한 삶의 감각을 느끼기 위해 무대가 필요하다고 생각했지만 무대에서 내려온 뒤에야 알게 됐다. 조명에 눈이 부신 무대 위의 시간만이 특별한 게 아니라는 걸. 연극은 나의 삶을 잠시 내려 두고 다른 이의 삶을 덧입는 것이라 생각했는데 그게 아니었다. 연극은 내 삶 속으로 또 다른 나의 삶을 초대하는 거였다. 그 긴 대사를 외우고 구르고 뛰며 소리쳤던 건, 내 삶을 잊기 위해서가 아니라 내 삶을 더 잘 살아보려는 노력이었다. 지금껏 그래 왔듯이 앞으로도 나는 '나'라는 역할로 살아갈 테니 일상을 무대 삼아 최선의 연기를 펼치면 됐다. 기쁘면 기쁜 대로, 슬프면 슬픈 대로, 권태로우면 기꺼이 권태로워하면서, 매 순간 나를 여실히 표현하며 살아가면 되는 거였다.

연극이 내게 준 소중한 장면들 중 내가 가장 사랑하는 장면은 자동차 안에서 펼쳐진다. 공연이 일주일 앞으로 다가왔기에 그날은 연극을 하게 될 극장에서 처음으로 합을 맞춰 봤다. 막상 무대에 서 보니 대본이 닳을 정도로 외웠다고 자신했던 대사도 자꾸 틀리는 데다, 서로의 동선도 자꾸만 엉켰다. 몇 시간의 연습이 끝난 뒤에도 마음이 찝찝했지만 다들 약속이 있어 시간을 더 낼 수도 없었다. 고맙게도 보통이가 제안했다. "방향이 같으면 태워 드릴게요. 차 안에서 계속 연습해 보는 건 어때요?" 차주인 보통이는 운전대를 잡았고, 주고받는 대사가 많은 나와 홀쭉이는 뒷좌석에 앉았다. 무대가 아닌 자동차 안에서 마주보려니 서로의 눈빛이 한결 가까워져 영 어색하고 쑥스러웠다. 처음에는 둘 다 대본에 코를 박고 대사를 중얼거렸지만, 몇 분 지나지 않아 평소처럼 상대의 눈을 보며 대사를 맞추게 됐다. 홀쭉이의 눈을 바라보는데 차창으로 노을을 머금은 오렌지색 햇살이 부드럽게 스며들었다. 홀쭉이의 속눈썹 위에 내려앉은 햇살을 기억해 두어야겠다고 생각하는 찰나, 홀쭉이 뒤로 샛노란 개나리가 휙휙 지나갔다. 아, 봄이구나.

문득 시선을 돌려 보통이를 바라보았다. 보통이는 운전하랴 중간중간 끼어들 타이밍을 놓치지 않고 대사하랴 바쁜 와중에, 소품이 필요하니 궁여지책으로 한 손에 플라스틱 꼬리빗을 쥐고는 감정이 격양될 때마다 흔들고 있었다. 초록색 꼬리빗이 햇살을 받아 맑게 빛났고, 문득 차 안에서 연극을 하고 있는 이 순간이 너무 아름답게 느껴졌다. 나는 핸드폰에다가 재빨리 메모했다. '개나리, 저녁노을, 속눈썹, 초록색 꼬리빗.'

어쩌면 나는 그때 어렴풋이 알았던 것 같다. 지금 이 장면을 오래도록 기억하게 될 거라는 걸. 공연을 하루 앞두고는 연습실에서 최종 리허설을 마치고 보통이가 사는 건물의 커

뮤니티 공간에서 나머지 연습을 했다. 셋이 둥글게 앉아서 두 시간 꼬박 손을 맞잡고 "우리 가운데 하나가 먹이가 되어야 한다, 이 말입니다!", "당신 같은 사람은 사회에서 제거되어야 마땅합니다!"와 같은 살벌한 대사를 주고받았다. 자정이 훨씬 지나도록 그러고 있었으니 누군가 우리를 봤다면 얼마나 이상하고 오싹했을지(마치 사이비 종교의 광신도처럼 보이지 않았을까).

자, 그래서 연기에 대한 미련은 다 풀었냐고? 뱀 장수를 할 때는 관객석에 있던 엄마도 와하하 크게 웃었는데, 이번 연극이 끝나고 나서는 그날 아침에 대구에서 올라온 엄마가 눈물을 닦았다(수고스레 오실 필요 없다고 말렸는데, 엄마는 안 가겠다고 답하고는 나 몰래 KTX표를 끊었다). 괜히 멋쩍은 기분에 "나는 왜 이렇게 별것도 아닌 거에 목숨을 걸까"하고 웃었더니, 엄마는 "별것인지 아닌지는 가 봐야 아는 거지. 눈앞의 순간에 최선을 다해라"하며 내 어깨를 토닥였다.

연극 한 편을 무대에 올려 보니 살아가는 일도 이와 비슷하다 싶다. 바쁘고 정신없는 가운데 문득 돌아다 보면 뭐가 이렇게 허무한가 싶을 만큼 획 지나가 버린 것 같다. 하지만 스쳐 지나간 순간을 붙잡아 가만히 들여다보면 저마다의 반짝임으로 빛나고 있다. 그러니 마음을 다해 오늘의 연극을 펼쳐 보기로.

- 극: 바다 한가운데서
- 연출: 이승헌
- 배우: 뚱뚱이(반지현), 홀쭉이(한다윤), 보통이(최하늘), 우체부(박지원)

내 삶에 출연해 주서서 모두 고마웠어요.

첼로: 속아서 그 산을 오른 것처럼

앞서가는 마음이 자꾸만 나를 부른다.
조금만, 조금만 더 가 보자고.
그럼 나는 못 이긴 척 일어나 한 발짝을 내디딘다.

여느 때처럼 등에 식은땀이 흥건한 채로 레슨을 마친 참
이었다. 악보와 악기를 정리하는 내 모습을 물끄러미 보고
있던 선생님이 불쑥 말을 꺼냈다. "이제 와서 하는 얘긴데
말이야⋯⋯." 응? 나는 선생님을 바라봤다. 선생님이 말을
이었다. "사실은 첼로가 어려운 악기야."

그동안 잔뜩 힘이 들어간 손가락으로 줄을 짚을 때마다,
좀처럼 맘대로 되지 않는 활을 들고 씨름할 때마다 선생님
은 이렇게 말하곤 했다. "지현아, 악기 선택 참 잘했다. 악기
중에 첼로가 제일 배우기 쉽거든."

첼로고 뭐고 이게 다 무슨 짓인가 싶다가도 선생님의 말

을 들으면 툭 튀어나온 입이 쏙 들어갔다. 첼로가 제일 쉽다는데 다른 악기는 얼마나 어렵겠나 싶어 다시 자세를 가다듬었다. 그런데 실은 어려운 게 맞다고 뒤늦은 고백을 하시다니요, 어쩐지!

"아니, 선생니임! 첼로가 제일 쉽다고 그러셨잖아요."

"바이올린보다 쉽다는 거지, 현악기가 얼마나 어렵고 까다로운데. 이젠 너 못 그만둘 거 같아서 하는 말이야."

선생님이 싱긋 웃었다. 순간 산에서 만난 어르신들이 생각났다. 산을 오르다 이제 더는 한 걸음도 못 떼겠다 싶어 바닥에 털썩 앉아 벌게진 얼굴로 쌕쌕 가쁜 숨을 몰아쉬고 있으면 위에서 내려오던 어르신들이 말을 건넸다. "어이구, 다 왔네 다 왔어. 요것만 넘어가면 정상이야." 어르신들은 약속이나 한 듯이 비슷한 말을 했다. "젊은 친구가 정상까지 올라오고 장하네", "저기 바위 보이지? 바위 뒤가 정상이여." 그런 말을 연거푸 몇 번이나 듣고 나면 슬그머니 엉덩이를 털고 일어서게 됐다. 하지만 바로 눈앞에 있을 것 같았던 정상은 좀처럼 나오질 않았다. 한참 만에 겨우 정상에 오르고 나면 속았다 싶으면서도 웃음이 흘러나왔다. 그 말에 기대 정상까지 오를 수 있었기 때문이다.

교습소를 나와 집으로 가는 길, 속고 속아 정상까지 올랐던 그때처럼 걸음마다 피식피식 웃음이 나왔다. 하긴 선생님이 "너 첼로가 얼마나 어려운지는 아니?"라고 얘기했다면 시작할 엄두나 냈을까. 선생님은 첫 만남에 대뜸 내 품에 첼로를 안겼다. 얼떨결에 엉거주춤한 자세로 안게 된 첼로는 생각보다 훨씬 컸다. 나는 앞으로 어떤 어려움이 기다리고 있는 줄도 모른 채 그저 들뜬 마음으로 첼로를 꼭 안았다.

첼로는 중학생 때 처음 본 이후 줄곧 나의 NO.1 로망이었다. 강당에서 재학생 대표로 첼로를 연주하던 같은 반 아이의 모습이 너무 예뻤다. 가뜩이나 쪼그만 얼굴에 호리호리한 몸매가 예쁘기로 소문난 아이였지만 첼로까지 안고 있으니 뭐랄까, 마치 음악의 요정 같았다. 검정과 진초록이 각각 수직과 수평으로 내달리다 무수한 정방형을 그리며 교차하는, 그 촌스러운 체크무늬 교복을 입었는데도 말이다. 요정은 곧은 자세로 앉아 자기 몸보다 훨씬 큰 첼로를 능숙하게 켜기 시작했고, 산능선을 닮은 부드러운 곡선의 몸체에서 나뭇결을 손으로 천천히 쓰다듬는 것 같은 묵직한 울림이 퍼져 나왔다. 습한 날씨에 피어오르는 연기처럼 공기를 타고 느릿하게 흐르는 선율을 듣고 있자니 코끝에 낙엽 타는 냄새처럼 매캐하고 알싸한 향이 맴도는 것 같았다.

첼로에 홀딱 반한 나는 그 뒤로 틈날 때마다 첼로 연주를 찾아 들었고 자연스레 바흐의 무반주 첼로곡을 알게 됐다. 듣고 있자면 괜히 코를 훌쩍거리다 끝내 슬쩍 눈물이 날 것 같기도 한 선율이었다. 이 곡으로 하루를 열고 싶은 마음에 핸드폰 알람음으로 해 둘 정도였는데, 자주 듣다 보니 나도 이렇게 멋진 연주를 할 수 있다면 얼마나 좋을까 하는 마음이 피어올랐다. 부드럽고 느릿하게, 그렇지만 선명하게.

하지만 우아하게 첼로를 연주하는 내 모습을 떠올리려 할 때마다 어디선가 교복을 입은 요정이 나타났다. 상상 속 내가 쭈뼛쭈뼛 첼로 가까이 다가가면, 눈을 지그시 감고 첼로를 켜던 음악의 요정이 돌연 눈을 치켜뜨고는 앙칼지게 쏘아붙인다. "네가 감히?" 나는 도리질을 하며 뒷걸음질 쳐 상상 밖으로 서둘러 빠져나온다. 설령 첼로를 배우고 싶다 한들 집에다 당장 말해볼 수 있는 형편도 아니었기에, 첼로 생각이 날 때마다 나는 먼지를 털듯 남은 미련을 탈탈 털어 냈다. 어른 되면 배워야지, 중얼거리면서.

그런데 막상 어른이 되고 보니 이런저런 악기는 만지작 거리면서도 왠지 첼로만큼은 시작할 엄두를 못 냈다. 진한 첫인상 때문인지 첼로는 우아하고 근사한 사람에게 마땅히 어울릴 것 같았다. 그러니까 매사에 허둥지둥하는 나 말고 요정 같은 사람. 나는 첼로를 배우고 있는 어른이 아니라 첼로를 배우고 싶어 하는 어른이었다. 기회 되면 배워야지, 하고 여전히 중얼거리기만 하는 어른. 그 기회라는 건 내가 잡지 않으면 결코 오지 않는다는 걸 뻔히 알면서도.

그랬던 내가 첼로를 시작하게 된 건 출근길에 읽은 책 덕분이었다. 정김경숙 작가의 『계속 가봅시다 남는 게 체력인데』는 나이 오십에 실리콘밸리로 떠나 종횡무진 활약하는 이야기를 담고 있다. 작가의 이력만 보고 무섭게 일만 하는 워커홀릭인 줄 알았는데, 책을 읽다 보니 일뿐만 아니라 취미에도 열정적인 사람이라는 걸 알게 됐다. 특히 잘하지 못해도 꾸준히 한다는 점이 인상 깊었다. 그녀는 7년째 대금을 배우고 있는데, 처음 2년은 아예 소리도 못 냈고 4년이 지나서야 겨우 도레미파솔라시도 소리를 냈으며, 7년 차에 이르러서야 초급 단계의 멜로디를 따라 할 수 있게 됐단다. 14년째 배우고 있다는 검도도 비슷한 상황이었다.

그렇다면 나도 지금 당장 시작하는 게 낫지 않을까. 요정은 사실 나의 두려움이 만들어 낸 핑계에 지나지 않았다. 잘할 자신이 없으니까, 언뜻 듣기에도 연주가 어렵게 느껴지니까 두려워서 시작조차 못하는 거였다. "포기하는 게 무섭지, 못하는 건 두렵지 않다!"라는 문장이 적힌 띠지를 매만졌다. 중학교 때부터 배우고 싶었던 마음을 미루고 미루다 시간이 흘렀는데, 고민만 하는 사이 시간은 또 얼마나 빠르게 흐를 것이며 그때는 무슨 핑계를 댈 것인가.

장맛비가 요란하던 늦여름, 첼로 교습소로 발을 내디뎠다. 머리가 허옇게 센 할머니가 되어서야 "첼로 한번 해 볼걸 그랬지……"하고 후회한다면, 그거야말로 정말 무서운 일일 테니까.

처음 얼마간은 교습소로 가는 발걸음이 너무나 가벼웠다. 드디어 첼로를 배운다는 사실에 퇴근 후 레슨도 피곤한 줄 몰랐다. 그렇지만 얼마 안 가 걸음이 무거워지기 시작했다. 레슨은 일주일에 한 번, 40분 정도였는데 악기가 없다는 이유로 레슨이 끝나면 악보 한 번 들여다보지 않았다. 선생님이 지난 시간에 배운 내용을 확인할 때마다 "아, 제가 첼로는 처음이라……"하는 표정이다 보니 두 달이 지나도록 교재의 맨 첫 장을 벗어나지 못하고 있었다. 결국 첼로를 배우기는커녕 40분 내내 끌어안고만 있는 꼴이 되었고, 급기야 레슨이 고문처럼 느껴지기 시작했다.

첼로를 향해 퐁퐁 샘솟던 애정은 바닥을 드러내며 쩍쩍 갈라지고 있었다. 어쩌면 나는 첼로를 좋아한 게 아니라 첼로의 이미지를 좋아한 거였나. 안고 있으면 아름답고 우아한 사람이 된 것 같은, 요정은 못 돼도 요정 비슷한 사람은 된 것 같은 느낌이 좋았나. 똑-딱-똑-딱. 레슨 때마다 선생님이 켜 놓는 메트로놈 박자에 맞춰 마음이 이쪽저쪽으로 기울었다. 그만둘까-말까-그만둘까-말까.

그날도 여느 때처럼 좀처럼 중심을 못 잡고 기우뚱하다 간신히 첼로를 안았는데, 채 한 음 켜 볼 새도 없이 활을 떨어뜨렸다. 활을 제대로 쥐지 못한 탓이었다. 그 모습을 본 선생님이 끝내 목소리를 높였다. 그동안 나의 형편없는 진전에도 별말 하지 않고 바쁜 직장인이니 이해한다며 언제나 상냥하게 웃어 주던 선생님이었다.

"지현 씨, 나만 이렇게 애타요? 지현 씨랑 비슷한 시기에 시작한 사람들은 벌써 합주도 하는데 그게 하나도 안 부러

위요? 왜 잘하고 싶은 마음이 없어요?"

몇 달이 지나도록 활 하나 내 힘으로 못 쥔다는 사실이 민망하고 머쓱했다. 한바탕 꾸지람을 듣고 집으로 가는 길, 꾹 참았던 눈물이 터졌다. 울 자격도 없는데 눈물은 왜 나나 싶으면서도 눈물이 그치질 않았다. 첼로는 인제 그만둬야겠다고 마음먹었다. 나도 선생님도 그간 고생했다. 둘 중 누구에게도 득 될 게 없었다. 나는 그저 내가 첼로를 안고 있는 모습이 좋았다는 걸 인정해야 했다.

일주일 뒤 교습소를 다시 찾았다. 그만두겠다는 말을 꺼내려던 참이었는데 선생님이 먼저 입을 열었다.

"지현 씨, 앞으로 딱 두 달만 해 보자. 그래도 아니다 싶으면 그땐 안 잡을게."

내 마음을 꿰뚫어 보신 건가 싶어 아무 말 못 하고 있는데 선생님이 반가운 소식이 있다고 했다. 마침 수강생 중 한 명이 쓰던 첼로를 싼값에 내놓았기에, 그건 지현이 악기라며 일찌감치 찜해 뒀다고. 나보다 나를 포기하지 않는 사람이 있다니. 두 달 동안 뭐 그리 달라질 게 있겠냐만 속는 셈 치고 더 해 보기로 했다. 레슨도 일주일에 두 번으로 늘렸다. 평일 한 번, 주말 한 번. 나름의 특훈인 셈이었다.

이제 내 첼로도 생겼겠다(성은 첼, 이름은 로이. 전 주인이 부르던 이름이다. 로이를 내게 보낸 이는 새로 산 첼로에 '새 로이'라는 이름을 붙였단다), 퇴근 후엔 집에서 악보를 펼쳤다. 이웃에 피해가 가지 않게 활로 줄을 살살 긁으면서 연주하는 흉내라도 내 봤다. 주말이면 아침부터 첼로를 둘러업고 교습소로 향했다. 한 걸음 뗄 때마다 허리가 시큰거려서 끙, 앓는 소리가 절로 나왔다. "내 무슨 부귀영화를 누리겠다고⋯⋯."

레슨 횟수를 늘렸다고 해서 당장 뭔가 달라지길 기대하는 건 아니었지만 이전보다 훨씬 많은 시간과 마음을 쏟는데도 좀처럼 실력이 늘지 않았다. 악기와 외국어 실력은 계단식으로 껑충 는다던데, 나는 계단을 오르는 게 아니라 끝도 없이 펼쳐진 널찍한 단 하나를 마냥 달리고 있는 것 같기도 했다. 실력이 늘긴 느는 건가, 두 달 내내 내 마음은 의심과 좌절을 오갔다.

그런데 가을을 지나 겨울이 다가올 무렵 희한한 일이 있었다. 첼로 소리가 달라진 것이다. 처음 첼로와 사랑에 빠졌던 순간 들었던 바로 그 소리여서, 내 악기가 아닌가 하고 첼로를 요리조리 살피다 선생님에게 물었다.

"선생님, 로이가 이상해요. 지난 번이랑 소리가 너무 다른데…… 엄청 좋아졌어요."

선생님이 웃었다. "지현이가 그만큼 첼로랑 친해졌다는 뜻이겠지."

아, 내 첼로에서 이런 소리가 나다니! 몇 달 동안 끽끽-끼익 냄비 바닥 긁는 소리만 났는데 불현듯 선율에서 무르익은 가을이 묻어 나오다니. 혹시나 하는 마음에 첫 시간에 했던 질문을 다시 꺼냈다.

"저…… 무반주 첼로곡은 얼마쯤 걸릴까요?"

"10년."

선생님의 대답은 변함없이 10년이었지만, 처음 들었을 때 기겁했던 것과는 달리 한번 해 볼 수도 있겠다는 생각이 들었다. 그 긴 시간을 곁에서 북돋아 줄 선생님이 있으니까.

내가 올라야 할 산은 저멀리 있다. 희뿌연 안개에 가려 한 치 앞도 보이지 않는데, 마침 안개를 헤치고 내려오는 사람이 주저앉은 나를 보고 웃으며 말한다. "아유, 다 왔네 다 왔어. 몇 걸음만 더 가면 정상이에요." 그 말을 들은 마음이 걸음을 앞선다. 앞서가는 마음이 자꾸만 나를 부른다. 조금만, 조금만 더 가 보자고. 그럼 나는 못 이긴 척, 엉덩이를 툭툭 털고 일어나 한 발짝을 내디딘다. 마음이 앞서 디딘 발자국에 내 발자국을 포개며 한 발 더 앞으로 간다.

　물론 마음이 매번 나의 징검다리가 돼 주진 않는다. 때로는 다리에 대롱대롱 매달려 걸음을 꼼짝없이 무겁게 만든다. 그래도 괜찮다. 마음이 지쳐 있을 때는 곁의 사람들이 건네는 말을 연료 삼아, 또 다른 징검다리 삼아 앞으로 가 보려 한다. 때로는 걸음이 마음을 데려갈 것이다. 그렇게 나는 앞으로 간다. 그런데 설마 선생님이 줄여서 10년이라고 하신 건 아니겠지. 그러면 또 어때, 속고 또 속으면서 계속 가 보자고.

사찰음식: 그렇게 덕후가 된다

소중한 무엇이 내 안에 차곡차곡 쌓이는 기분이었다.
여름의 초록이 짙어지듯
나라는 사람이 점차 선명해지는 것 같았다.

회사 방침으로 우연히 참여한 템플스테이에서 사찰음식을 처음 맛봤다. 입에 대기도 전에 눈부터 환해졌다. 매일 먹고 싶었다. 회사 대신 절로 출근할 순 없으니 사찰음식을 직접 배우기로 마음먹었다. 취미로 요리는 곧잘 해 왔지만 정식으로 배우는 건 처음이라 가슴이 두근거렸다. 게다가 내 인생 첫 요리 선생님이 스님이라니!

처음엔 어디서 보지도 듣지도 못한 메뉴를 배운다는 사실이 너무 신났다. 육근탕, 묵은지잡채, 봄향기만두…….

수업 때마다 맛있는 걸 먹는다는 생각에 들떴다. 그런데 해가 거듭될수록 요리에 담긴 마음이 눈에 보이기 시작했다. 버섯, 당근, 두부 등 마트에서 일이천 원 남짓이면 살 수 있는 식재료가 아름다운 요리로 탄생할 수 있는 건, 스님의 요리 실력이 대단하기 때문이 아니었다. 눈앞의 재료에 감사한 마음을 갖고 정성껏 요리하는 태도가 그 비결이었다.

마음의 태도를 배우면서 나 또한 서서히 변하기 시작했다. 뭐든 빨리하려는 오랜 습성부터 바뀌었다. 편안한 마음으로 만든 요리가 안달복달 애쓰며 만든 것보다 훨씬 괜찮다는 걸 경험하고 나니, 힘이 꽉 들어가 있던 어깨가 비로소 가벼워졌다. 맛없으면 어떡하지? 실수로 망칠까 봐 두려워만 하다가 다음에 잘하면 된다고 용기를 내는 사람으로 변했다. 사찰음식을 배울수록 소중한 무엇이 내 안에 차곡차곡 쌓이는 기분이었다. 여름의 초록이 짙어지듯 나라는 사람이 점차 선명해지는 것 같았다.

사찰음식은 간단해 보이지만 만든 이의 마음이 그대로 드러난다. 과정 하나만 빠뜨려도, 재료 손질법만 살짝 바꿔도 맛이 천지 차이다. 그래서 과정의 아주 작은 부분도 허투루 할 수 없다. 요리하는 마음으로 글을 썼다.『스님과의 브런치』는 읽는 분들에게 내가 대접하는 사찰음식 한 그릇이다. 《조선일보》 2020년 6월 27일 자 〈내 책을 말한다〉

2020년 여름, 첫 책을 출간했다. 사찰음식에 관한 책으로 내용은 목차만 훑어봐도 알 수 있다. 1부: 만나다, 2부: 배우다, 3부: 변하다. 별생각 없이 회사에서 보내 준 템플스테이에 갔다가 사찰음식을 '만났고' 매일 먹고 싶다는 생각에 열심히 '배웠고' 배우다 보니 내 몸과 마음이 차차 '변했다'.

내가 몇만 명의 팔로워를 거느리고 있는 인싸도 아니고, 책에 이렇다 할 광고가 붙지도 않았고, 사람들이 좋아할 만한 주제가 아니라는 생각에 백 권은 팔릴까 걱정했는데 감사하게도 기대 이상의 사랑을 받았다. 출간 후 난생처음 신문사 요청으로 글도 써 보고, 몇몇 기자님과 인터뷰도 하고, 라디오 방송에도 나가고, TV 프로그램 〈한국인의 밥상〉에도 출연했다(490회, '국물 있사옵니다 – 육수' 편). 나만큼 먹을 것에 진심인 지인이 이리저리 채널을 돌리다가 우연히 내가 나온 걸 보고는 "대견하다!"라며 연락을 주었는데(그 뒤로도 몇 사람이 비슷한 연락을 해 왔다), 몇 년간 애면글면하며 쓴 책보다는 산중의 추위에 콧물을 흘리며 몇 시간 찍은 프로그램이 더욱 칭찬받는 모양새라 역시 글을 쓴다는 건 외로운 일이구나 잠시 생각했다.

출간 후 몇 가지 오해와 맞닥뜨리기도 했다. 일단 내가 요리 전문가일 거라는 오해다. 목차에 분명 '잘한다'가 없음에도(책에는 나의 실수담이 가득하다), 사찰음식에 관한 책을 썼다고 하면 당연히 레시피 북이라 생각하는 사람들이 많았던 것 같다. "대단하신데요?"라는 칭찬 속에는 '젊은 나이에 벌써 사찰음식 전문가라니!'라는 말이 생략되어 있다는 걸 나중에야 알았다.

또 다른 하나는 책 쓰려고 사찰음식을 배웠다는 것인데 슬쩍 억울했지만 출간 후에도 꾸준히 사찰음식을 배우는 내 모습에 오해는 자연히 사그라들었다. 애초에 책을 염두에 두었다면 그렇게 열심히 배우진 못했을 거다. 책에 실을 만한 그럴싸한 음식과 에피소드를 가늠하느라 사찰음식을 있는 그대로 껴안지 못했을 거고, 소중한 월차와 주말을 헌납해 가며 배울 정도로 열정을 쏟아붓지도 못했을 테니. 비행기 연착으로 새벽에야 한국에 도착해 비몽사몽 중에도 캐리어를 끌고 곧바로 수업을 들으러 간다거나, 주말 이틀 동안 열 시간 넘게 도마 앞에 설 수 있었던 건 순전히 너무 좋아서 가능한 일이었다.

입에 닿기 전에 눈이 먼저 환해지는 꽃초밥, 몸 깊숙한 곳까지 쌉싸름한 향이 스미는 곰취쌈밥, 봄을 한 입 베어 문 듯한 냉이만두…… . 제철 재료를 가지고 요리를 배우며 계절 속에 살아간다는 기쁨을 비로소 느꼈다. 나는 계절을 잊은 게 아니라, 어쩌면 처음부터 몰랐던 걸 수도 있겠다는 생각을 했다.

「계절이 물러가며 인사를 건네듯」, 『스님과의 브런치』

2017년 겨울부터 사찰음식을 배우기 시작했으니 올해로 7년 차를 맞는다. 요즘은 새로운 화두 하나를 붙들고 있다. 얼마 전 수업에서 스님이 선뜻 답하기 어려운 질문을 하셨기 때문이다. 사찰음식 수업은 단순히 레시피를 배우는 데 그치지 않는다. 수업에 앞서 스님들은 준비해 온 이야기 보따리를 끌러 놓는다. 음식에 담긴 추억이나 수행하면서 있었던 크고 작은 일들을 들려주시기도 하고, 때로는 생각할 거리가 담긴 질문을 건네기도 하신다. 이야기를 들으며 물음에 대한 답을 궁리하다 보면 요리를 넘어 삶을 배운다는 생각이 들곤 했기에 스님의 손맛 비법만큼이나 이야기가 궁금해졌다.

수업을 오래 듣다 보니 웬만한 질문에는 막힘없이 술술 대답할 수 있었다. 그렇지만 "사찰음식이 뭐라고 생각하세요?"라는 그날의 질문에는 쉽사리 답이 나오지 않았다. 단순한 정의를 따르자면 "사찰에서 스님들이 먹는 음식이요" 하고 답하면 되겠지만, 스님이 그토록 단순한 답을 기대하고 물어보실 리가 없었다. 다른 사람들도 나와 비슷한 생각이었는지 다들 입술을 꼭 붙인 채 묵묵부답이었다. 침묵이 길어진다 싶으면 몇몇 스님들이 눈에 익은 나를 콕 집어 지목하실 때가 있었기에 괜히 고개를 움츠렸다. 제법 길게 이어진 침묵 끝에 스님이 내놓은 답은 이렇다. "사찰음식은 더 가치 있는 인간으로서의 삶을 영위하기 위한 음식이에요."

답을 듣고 나니 한층 더 아리송한 기분이 들었다. 더 가치 있는 인간이란 과연 어떤 인간이며, 그런 인간으로서 영위하는 삶이란 또 어때야 할까. 수업이 끝나고도 며칠을 곰곰 생각하다, 그날 수업을 맡으셨던 성화 스님의 인스타그램으로 DM을 보냈다. '스님도 인스타그램 계정이 있어?'하고 궁금증을 가질 분들을 위해 잠깐 짚고 넘어가자면, 많은 스님이 인스타그램이나 유튜브 등 SNS 활동을 하신다. 수행의 방향에 따라 깊은 산속에 머물며 고요히 정진하는 스님도 있고, 속세에서 활발하게 활동하며 교리를 전파하는 스님도 있다.

　　"스님, 안녕하세요. 지난 수업에서 사찰음식을 '더 가치 있는 인간으로서 삶을 영위하기 위한 음식'이라고 풀이해 주셨는데요. 여기에 담긴 뜻을 알 수 있을까요?"

　　잠시 뒤 스님의 답장이 왔다. 스님은 먼저 '오관게五觀偈' 전문을 보내 주셨다. 오관게는 불교에서 식사 전에 외우는 '게송偈頌'으로, 사찰음식 수업은 다 함께 오관게를 읊는 것으로 시작한다.

　　이 음식이 어디서 왔는가?
　　내 덕행으로 받기 부끄럽네.
　　마음의 온갖 욕심 버리고
　　몸을 지탱하는 약으로 삼아
　　진리를 실천하고자 이 음식을 받습니다.

그리고 이어지는 스님의 말씀.

"마지막 문장의 '진리'라는 것이 수행자에게는 부처님의 가르침이라면, 여러분들은 하루하루 생산적이고 가치 있는 생활을 할 수 있도록 음식을 섭취하라는 뜻이었어요. 나의 어떤 욕구를 채우기 위해, 남에게 보여 주기 위해서가 아니라 세상에 도움이 되는 일을 하기 위한 원동력으로 삼으시기를 권하는 뜻이고요."

스님마다 수행의 방향이 다르듯, 오관게에 쓰인 진리에 대한 해석도 스님마다 조금씩 다르다. 『스님과의 브런치』에도 오관게를 소개해 두었는데, 한 스님은 우리들에게 '진리란 행복을 이루는 것'이라 말씀하신 적 있다. 그때 "스님, 그럼 행복이 뭐예요?" 하고 다시 묻지 않은 것은 행복에 대한 정의가 저마다 다르기 때문이다. 어떤 삶이 생산적이고 가치 있는가 하는 물음에 대한 답 역시 각자 다를 것이다. 나에게 행복은 무엇인지, 내 삶에 있어 중요한 가치는 무엇인지 천천히 생각해 보고 있다.

첫 책을 펴낼 때만 해도 음식을 다루는 책은 두 번 다시 쓰지 않겠다고 다짐했었다. 특히 사찰음식은 그 역사가 오래된 만큼 선조들의 지혜와 경험이 녹아 있었기에 혹시라도 나의 불찰로 잘못된 정보를 전하게 될까 봐 두려웠다. 숱한 밤을 새우며 자료를 뒤지고 스님들께 묻고 원고를 몇 번이나 살펴보면서도 출간 직전까지 마음을 놓지 못했고, 출간 후에는 그간의 몸고생, 마음고생으로 후폭풍이 밀려와 한참이나 아팠다.

그렇지만 사찰음식이 무엇이냐는 물음을 붙들다 보니, 나만의 행복과 가치 있는 삶에 대한 답을 잘 모아 두었다가 또 한 번 사찰음식을 다룬 책을 내고 싶다. 그때는 어떤 이야기를 담을 수 있을까. 숨을 후후 불어넣고 온기를 더해, 지혜와 경험이 부족한 자리를 사랑으로 메꾸면서 아무쪼록 잘 만들어 보고 싶은 마음이다. 시간이 흐를수록 사찰음식에 대한 사랑이 깊어만 가는 걸 보니, 아무래도 이렇게 덕후가 되어 가나 보다. 아, 이미 덕후인 건가.

* 글의 제목은 고레에다 히로카즈 감독의 영화 〈그렇게 아버지가 된다〉에서 빌려 온 것임을 밝혀 둔다.

그림: 명예의 전당은 멀어도

아무 걱정도 고민도 하지 말고
무작정 치고 나가 보자고. 우물쭈물 망설이다간
그림도, 인생도 0.5초 만에 지나간다고.

　노석미 작가님의 메일을 받은 뒤로 혼자 그림을 그려 보다 수업을 듣기로 했다. 시작은 연필 소묘였다. 오래전부터 선 하나로 대상의 형태와 질감을 풍부하게 표현하는 소묘를 좋아했기 때문이다.

　매주 토요일 낮이면 나를 포함해 열 명 정도의 수강생이 이젤 하나씩을 앞에 놓고 빙 둘러앉았다. 두 시간 동안 선생님이 가운데에 놓아둔 물건을 그리면 됐다. 수업 시간마다 그려야 할 대상은 바뀌었다. 삼각뿔과 원기둥, 찌그러진 남자 구두, 때가 탄 곰 인형, 번쩍번쩍 광이 나는 다리미…….

"눈앞에 보이는 것을 손으로 종이에 옮긴다." 대단한 기교도, 값비싼 도구도 필요 없었다. 어찌 보면 이토록 단순한 방식이 어디 있겠나 싶으면서도 이 단순한 방식에 얼마나 많은 해석이 들어가는지. 경계하지 않으면 어느새 '보이는' 것이 아니라 '보고 있다고 생각하는' 것을 그리게 됐다. 꼼짝없이 앉아 그림을 그리는 동안 들려오는 건 종이 위를 긋는 연필 소리와 간간이 새어 나오는 한숨 소리뿐. 열어 둔 창으로 들어오는 자동차 소리가 유난히 크게 느껴질 정도로 고요했다.

두 시간이 지난 후에는 이젤에서 한 발 뒤로 물러나 시계 방향으로 돌며 서로의 그림을 감상했다. 같은 대상을 보고 그렸지만 앉은 자리에 따라 전혀 다른 사물처럼 보이기도 했고, 비슷한 각도에서 보고 그렸다 해도 그린 사람에 따라 천차만별로 달랐다. 어떤 그림은 캔버스의 여백이 모자랄 정도로 꽉 채워져 있었고, 또 다른 그림은 여백의 미를 강조하는 듯 대상이 실제보다 훨씬 작았다. 종이가 뚫어지도록 힘주어 선을 그은 사람도 있었고, 캔버스 위에 살짝 안개가 덮인 것처럼 그린 사람도 있었다. 서로의 그림이 사뭇 다르다는 게 재미있었다. 처음엔.

수업이 거듭될수록 눈앞의 사물을 그려 내는 일이 힘들어졌다. 애꿎은 머리를 묶었다 풀었다 하면서 끙끙거리다 보면 수업이 끝나 있었다. 시간 안에 그림을 완성하지 못한 날도 많았다. 수업이 끝날 때쯤엔 선생님이 개중 잘 그린 몇 점을 골라 한 군데-내 맘대로 '명예의 전당'이라 이름 붙였다-에 모아 놓고 칭찬해 주셨는데, 몇 주가 지나도록 내 그림만 한 번도 못 뽑혔단 사실도 타격이 컸다. 어릴 때는 잘 그린다고 칭찬도 많이 받았는데…….

　서글픈 마음으로 명예의 전당에 오른 그림들을 살펴보면 선생님이 왜 칭찬하는지 단박에 알 수 있었다. 시원하게 쭉쭉 뻗어 나가는 선에서는 화폭 가득 생동감이 느껴졌다. 반면 내 그림은 물에 담갔다 건진 것처럼 흐물흐물해 보였다. 연필로 살살 긁다시피 그리다 보니 선이 가느다랗고 희미했다. 왜 나만 빼고 다들 잘 그릴까. 하루는 모두 떠나고 혼자 남은 강의실에서 시무룩한 얼굴로 주섬주섬 가방을 정리하는데, 그런 내 얼굴이 맘에 걸렸는지 선생님이 문을 나서려던 발걸음을 멈췄다.

　"지현 씨는 너무 섬세해요. 남들보다 더 자세히 보려고 하고 더 많이 표현하려고 하는 건 알겠는데, 그림은 그러면 안 되거든요."

"네? 눈에 보이는 대로 그리라고 하셔서서 그렇게 한 건데……."

"보이는 대로 그려야 하는 건 맞지만, 사진처럼 모든 걸 담을 순 없죠. 생략할 건 생략하면서 과감하게 치고 나가야 해요. 그리는 스타일을 보면 생각이 너무 많아요. 전체를 보는 게 아니라, 자기가 꽂히는 부분만 열심히 그리는 느낌?"

"어! 어떻게 아셨어요?"

"생각이 너무 많으면 자기 덫에 자기가 걸려요. 여기도 섬세하게 저기도 섬세하게 그리다가 나중에 전체를 놓고 보면 이도 저도 아닌 거죠. 청소 시작했다가 서랍 안에 있는 것들 하나하나 끄집어내서 들여다보느라 더 엉망이 되는 거랑 같은 거예요."

"어! 저 그렇게 청소하는데 어떻게 아셨어요?"

"내가 이렇게 열심히 그렸는데 싶어도 아무도 안 알아줍니다. 그림은 0.5초 만에 휙 보여 주고 지나가는 거예요."

이렇게까지 친절한 조언이라니. 감사한 마음이 드는 한편 덜컥 겁이 났다. 선 하나 긋는 것도 벌벌 떠는 마당에 과감하게 그릴 수 있을까. 중요하지 않은 것 같아서 빼 버렸는데 정작 그게 제일 중요한 거면 어떡하나. 이것저것 다 빼먹다가 결국엔 엉망이 되면 어쩌나. 눈 한 번 깜짝이기도 바쁜 0.5초 안에 대체 뭘, 어떻게 보여 줘야 하나. 그림이 그런 거라면 애초에 열심히 그릴 필요 없는 거 아닌가. 집으로 향하는 지하철 안, 이런저런 생각에 짓눌린 채로 까무룩 잠에 빠졌다. 그렇게 잠을 자다 깨어났을 때 선생님이 덧붙인 말이 문득 떠올랐다.

"나이가 많을수록 그림 잘 그려요. 전에 배워본 적 없어도요."

"왜요?"

"나이 많은 분들은 앞으로 어떡하면 잘 살 수 있을지 고민 안 하거든요. 그냥 치고 나가는 거지."

그 뒤로 같이 수업을 듣는 어르신들의 그림을 눈여겨보기 시작했다. 그동안 쌓인 삶의 연륜이 그림에도 배는 것일까. 잘 그리신다는 나의 칭찬에 어르신들은 생전 처음 그려본다며 수줍어했지만, 그림만큼은 씩씩하고 힘이 넘쳤다. "과감하게 치고 나가야 해요." 나는 선생님의 조언을 되새기며 뭔가 어설프고 맘에 들지 않더라도 주어진 시간 안에

완성해 보려고 했다. 잘 그려 보겠다고 캔버스를 노려보며 인상만 팍 쓰고 있다간 지금껏 그래왔던 것처럼 미완성작으로 남을 게 뻔했으니. 어찌 됐든 일단 완성하겠다는 목표를 세우고 나니 대체 어떻게 그려야 잘 그리나 하는 고민도, 남들보다 못하면 어쩌나 하는 걱정도 할 시간이 없었다. 그저 종이를 마주하고 쓱싹쓱싹 연필을 움직여 나갔다. 그렇게 그리다 보면 그림을 배우기 전보다 조금은 용감해진 기분이 들었다.

봄에서 여름으로, 여름의 끝에서 가을로 옮겨가는 동안 나뭇잎이 차츰차츰 물드는 것처럼, 그림을 배우는 이유도 시나브로 달라졌다. 잘 그려서 칭찬받고 싶은 마음이 차차 옅어진 대신, 나를 살피고 바라보는 마음이 점점 짙어졌다. 수업을 처음 들을 때만 해도 실력을 얼른 키우고 싶다는 생각이 가득했지만, 점차 내가 가진 것을 찾아봐야겠다는 쪽으로 생각이 기울었다. 그림을 그리고 난 뒤 찬찬히 들여다보면, 희미하긴 해도 분명 내가 가진 색채를 느낄 수 있었으니까. 장점이든 단점이든 나만의 고유한 무언가가 그림에 드러난다는 사실이 좋았다. 아무런 이유도, 목적도 없이 눈앞의 도화지에 온 마음을 쏟던 어릴 때의 기분이 되살아나는 것 같기도 했다.

어느덧 닫아 둔 창을 열면 찬바람이 훅 들어오는 계절이 되었고 마지막 수업이 끝났다. 선생님은 내 그림 앞에 서서 "앞으로도 마무리를 꼭 한번 지어 보는 것이 좋겠어요"하고 당부했다. 끝내 명예의 전당에는 못 올랐지만 선생님의 그 말이 고마웠다. 잘하려는 마음 때문에 머뭇거리다 못하게 되는 건 그림 그릴 때뿐만이 아니었으니까. 마음 한구석에 '뭐가 됐든 쭉쭉 치고 나가 보자!'하는 용기가 작게 자리할 수 있게 된 것만 해도 나에게는 큰 발전이었다.

얼마 전 우연히 인터뷰 영상 하나를 봤다. 〈나이 90을 바라보는 할머니가 혼자서 마트에 가 아이패드를 샀다〉라는 긴 제목이었다. 주인공은 1934년생 유재순 할머니. "정말 누가 시키지 않았는데 내가 미친 짓을 처음 시작한 거거든요"하고 자분자분 말하는 할머니의 '미친 짓'은 뭘까. 바로 아이패드로 그린 그림을 SNS에 올리는 것. 터치 펜을 든 할머니가 제법 능숙한 솜씨로 색을 콕콕 찍어 그림을 그린다. 할머니는 누군가가 스마트폰으로 그림을 그리는 게 좋아 보여서("저것 괜찮겠다!") 그길로 마트로 가 아이패드를 샀단다. 사용법을 모르니 인터넷 강좌를 듣다 포기하고 그냥 그리기 시작했다고 한다(할머니는 인터뷰를 하는 동안 '무작정'이라는 말을 많이 쓴다. "거기를 무작정 가서 그걸 무작정 샀어요", "그냥 무작정 그렸어요." 나는 할머니의 무작정이 왠지 좋았다).

"나이 먹고 늙으니까 정말 입에서 냄새가 올라올 정도로 목이 가라앉을 때가 많아요. 누구하고 할 얘기가 없고, 내가 왜 사나, 뭐 때문에 사는가를 모르고 그 이유를 나 자신에게 물어볼 때가 많이 있었어요. 그런데 그림을 그리기 시작하면 그걸 잊어버려요."

4분 남짓한 할머니의 인터뷰를 몇 번이고 돌려 봤다. 인터뷰 내내 웃고 있는 할머니의 얼굴이 아이처럼 맑았다. 아무 이유도 없이 그저 좋아서 했던 것들을 언제부터 슬금슬금 주저하게 됐는지 곰곰 생각해 봤다. 소질이 별로 없는 것 같아서, 시작했다 금방 질릴 것 같아서, 웬만한 노력으론 안 될 것 같아서……. 시작하는 이유는 별것 없었는데 주저하는 이유는 많고 많았다. 이어지는 할머니의 말이 나를 향하는 것 같았다.

"잘 안된다고 해서 그림을 지우고 없애 버리고 덮어 놓은 일이 없어요, 지금까지도. 그냥 안 되면 안 되는대로 올려 버려요. 하고 싶을 때 포기하면 끝나는데, 포기 안 하고 출발하고 또 출발하면 이뤄지지 않을까 합니다."

유재순 할머니의 인스타그램(@yeoyujaesun)을 찾아보니 사랑스러운 그림이 가득했다. 2020년 10월 1일에 올린 첫 그림을 시작으로 할머니는 쉬지 않고 그리고 있었다. 구석구석 눈 안 간 데, 손 안 간 데 없이 예쁘게 색칠된 그림을 보며, 어쩌면 그림은 기예가 아니라 마음의 태도일 수도 있겠다고 생각했다. 매일의 한 점을 소중하게 완성할 것. 출발, 또 출발. 잘 안되면 또 한 번 시작하면 된다는 마음으로.

요즘은 시간의 흐름에 방점을 찍듯 가끔 그림을 그린다. 할머니처럼 꾸준히 그리진 못하지만, 그림을 그리며 이거 하나는 확실히 배웠다. 명예의 전당에 못 올라도 그냥 그리면 된다고. 명예의 전당 입성을 꿈꾸다 자칫 '멍에의 전당'에 들어갈 수도 있으니 아무 걱정도 고민도 하지 말고 무작정 치고 나가 보자고. 우물쭈물 망설이다간 그림도, 인생도 0.5초 만에 지나간다고.

어린아이에게 그림 도구를 쥐여 주고 그림을 그리게 한다. 어린아이는 조금도 주저하지 않고 뭔가를 그려 나간다. '너 뭐 그리니?', '그냥요.' 어쩌면 그림을 그린다는 것은 별게 아닐 수도 있다. 많은 날들 그냥 우리는 그림이 그리고 싶어서 그린다.

노석미, 「동그라미 그리려다 무심코 그린 얼굴」, 『그린다는 것』

발레: 몸보단 마음이 유연한 편

나는 완벽한 동작을 위해서가 아니라
음악에 몸을 맡기고 싶어서 여기 있는 거였다.
그저 춤을 추고 싶어서.

그때 나는 입사한 지 몇 달 안 된 햇병아리였다. 업무도, 인간관계도, 나를 둘러싼 모든 환경이 낯설기만 해 온종일 바짝 긴장한 상태였다. 꿈쩍 않고 몇 시간씩 앉아있다 보니 어깨는 돌멩이를 박아 넣은 것처럼 딱딱했고, 조금만 자세를 바꿔도 우두둑 뼈마디 부러지는 소리가 났다. 그러던 어느 날, 우연히 집어 든 잡지에서 발레를 배우는 회사원의 인터뷰를 읽었다. 처음엔 발레를 하면서 굽은 목과 어깨가 바르게 펴졌다는 내용이 솔깃했지만 읽다 보니 사진에 자꾸 눈이 갔다. 토슈즈를 신고서 포즈를 취하고 있는 모습이 무척 아름다웠다. 나도 한번 배워볼까 싶은 마음이 절로 일 만큼. 그렇지만 발레라니. 잔뜩 찌푸린 얼굴로 팔다리를 허우적거리던 나를 보며 "지현아, 니는……"하고 말끝을 흐리던 무용 선생님의 얼굴이 사진 위로 포개졌다. "발레는 무슨." 누가 보는 것도 아닌데, 나는 괜히 고개를 크게 저으며 잡지를 탁 덮었다.

학창 시절 내내 나는 공부 잘하는 모범생이었다. 선생님이 외우라면 외웠고 밑줄을 그으라면 그었다. 시간과 노력을 들이면 변수 없이 좋은 점수를 받을 수 있는 시험이 합리적이라고 느꼈다. 그런데 노력해도 어쩔 수 없는 게 있었다. 무용만큼은 언제나 내가 우리 반 꼴찌였다. 아무리 애를 써도 손끝이 무겁다고 선생님께 꾸지람을 들었는데, 도대체 손을 가볍게 하려면 어떻게 해야 하는 건지 감조차 오지 않았다. 그러니 손끝이 나풀나풀 가뿐한 아이들을 보면 부아가 날 수밖에. 수업 때마다 선생님이 흡족한 얼굴로 칭찬하는 아이에게 대체 어떻게 하는 거냐고 물었더니 "그냥 하면 되는데?"라는 말간 답이 돌아왔다. "시험은 공부하면 잘 볼수 있잖아?"라는 말을 아무렇지도 않게 하고 다녔던 지난날의 나여……. 나는 고행하는 마음으로 무용 수업을 버텼다.

이 시간만 견디면 내 인생에 무용은 물론, 무용 비슷한 것도 없을 테니까.

하지만 인생은 알 수가 없다. 밤늦도록 사무실에 앉아 굳은 어깨를 주무를 때면 잡지에서 본 사진이 떠오르곤 했다. 모두가 퇴근한 텅 빈 사무실을 무대 삼아 팔다리를 쭈욱 뻗어 봤다. 나도 우아하게 춤출 수 있다면, 턴을 돌고 점프도 할 수 있다면 얼마나 근사할까. 한두 번 이러다 말겠지 했는데 시간이 갈수록 발레에 대한 마음이 사그라들기는커녕 점점 커졌다. 당황스러웠다. 세상엔 굳이 해 보지 않아도 결과를 가늠할 수 있는 일들이 숱하게 있고, 발레는 그중에서도 맨 앞에 있었다. 깨끗한 강의 밑바닥을 들여다보는 것처럼 결과가 빤한 일이었다. 몸을 움직이는데 얼마나 소질 없는지는 내가 제일 잘 알았다. 그런데도 왜 마음이 쉽게 접히지 않는 건지 알 수 없는 노릇이었다. 마음 한구석에서 속삭이는 소리가 들렸다. "안 해 봐도 안다고? 해 봐야 알지, 이번엔 다를 수도 있잖아." 몇 주 동안 마음속 소리와 씨름하다 결국 퇴근 후에 발레 학원을 찾았다. 참관이 가능하다는 말에 큰 용기를 낸 거였다.

나는 쭈뼛거리며 연습실 한쪽에 놓인 작은 소파에 앉았다. 가녀린 몸에 하늘하늘한 스커트를 입은 사람들이 여기저기서 몸을 풀고 있었다. '세상에! 저렇게 가느다란 사람들도 있구나'하는 감탄은 곧 '세상에! 저렇게 잘 찢는 사람들도 있구나'로 바뀌었다. 흘러나오는 사분의삼 박자 곡에 맞춰 춤추는 사람들을 보고 있자니, 이게 발레구나 싶었다. 사진과는 비교도 안 되게 아름다웠고 순간 겁이 덜컥 났다. 단순히 해 보고 싶다는 마음으로 덤빌 수 있는 게 아닌 것 같았다.

20분가량의 참관이 끝나고 원장 선생님이 양 발끝을 바깥으로 쫙 벌린, 펭귄처럼 특이한 걸음걸이로 나에게 다가왔다(그게 발레의 기본자세라는 건 나중에 알았다).

"등록하실 거예요?"

"아…… 생각 좀 해 볼게요."

나는 서둘러 자리에서 일어났다. 아무래도 발레와는 인연이 아닌 것 같았다. 하지만 그때부터 인연은 시작됐던 걸까. 자려고 눈을 감아도 낮에 본 사람들의 모습이 아른거렸다. 발레를 향한 마음에 제대로 시동이 걸려 버린 것 같았다.

일주일 뒤 나는 다시 학원을 찾았다. 이번엔 소파가 아니라 그 가녀리고 유연한 사람들과 함께 섰다. 마주본 거울 속에는 레오타드와 스커트를 입고서 잔뜩 긴장한 표정의 내가 있었다. 난생처음 신어 보는 토슈즈가 영 어색하면서도 한 편으론 기쁨이 퐁퐁 솟았다. 짐짓 아무렇지 않은 척했지만 속으론 거울 속 나에게 몇 번이나 물었는지 모른다.

'세상에 내가 발레를 한다고? 내가?'

처음엔 온 신경이 몸에만 쏠렸다. 몸의 굴곡이 그대로 드러나는 옷차림이 민망했다. 특히 남자 파트너와 마주보고 연습할 때는 눈을 어디에 둬야 할지 몰라 괜스레 천장을 봤다. 그렇지만 곧 깨달았다. 그런 걸 일일이 살피며 여유 부릴 때가 아니라는 걸. 나는 아귀가 맞지 않는 나무 인형처럼 삐걱거렸다. 팔을 올리면 다리가 벌어졌고 다리에 신경을 쓰면 어느 틈에 팔이 내려가 있었다. 백조 무리 사이에 낀 미운 오리 한 마리가 따로 없었다. 얼마 지나지 않아 내 이름은 수업 시간에 가장 많이 불리는 이름이 되었다. "지현 씨, 팔 들어야지", "지현 씨, 반대쪽으로 돌아야지", "지현 씨, 다리는 그게 아니고……." 지현 씨, 지현 씨, 지현 씨. 남들보다 몇 배로 애를 써도 못한다는 건 얼마든지 받아들일 수 있었다. 이미 무용 시간에 충분한 검증을 마쳤으니까. 그렇지만 이름이 불릴 때마다 모두가 보는 앞에서 내 어설픈 몸짓이 낱낱이 드러나는 것 같아 견디기 힘들었다. 어느 시인은 이름이 불릴 때마다 꽃이 된다고 노래했지만, 나는 이름이 불릴 때마다 가루가 되는 것 같았다. 파사삭.

때론 내가 발레를 배우러 다니는 건지, 자괴감을 느끼려고 다니는 건지 헷갈렸다. 선생님이 잘못된 자세를 잡아 주러 가까이 다가오면 그 마르고 긴 손가락이 내 몸에 닿기도 전에 식은땀이 삐죽 솟았다. 그런 내 모습을 비아냥거리는 목소리가 어딘가에서 들려오는 것 같았다. "꼴 좋다. 이럴 줄 몰랐어? 굳이 뭘 해 보겠다고."

그래도, 그래도 발레를 배우고 싶었다. 소질이 없다는 건 진즉에 알고 있었으니 고작 그런 이유로 그만두긴 싫었다. 이름이 불리는 순간만 어떻게든 피하면 될 것 같았는데, 그러려면 남들처럼 잘하거나 선생님이 내 실수를 눈치채지 못해야 했다. 당장 남들처럼 할 수는 없으니 일단 실수를 들키지 않는 것으로 목표를 정했다. 실수를 안 들키는 게 아니라 줄이는 게 목표였다면 참 좋았겠지만 그건 먼 훗날의 일이기에.

나는 목표 달성을 위해 최선을 다했다. 다 함께 춤을 출

때면 못해도 티가 좀 덜 났기 때문에 선생님의 눈길을 피할 수 있었다(고 믿고 있다). 선생님이 다리를 더 높게 들고 더 크게 돌라고 하면, 나는 다리를 최대한 낮게 들고 되도록 작게 돌면서 서툰 실력을 숨기기 위해 애썼다. 연습실 이쪽저쪽으로 우르르 움직여야 할 때는 무리 끝에 붙어 움직이는 시늉만 했다. 어쩌다 이름이 불리지 않은 날은 날아갈 듯 기뻤다. 내 실력이 좀 나아진 게 아닌가 하는 근거 없는 착각과 함께 집으로 돌아가는 발걸음이 한결 가벼웠다.

그렇지만 꼼수에도 한계가 있었다. 네댓 명씩 조를 지어 춤춰야 할 때는 도무지 피할 방도가 없었다. 그 안에서도 눈에 띄지 않으려 뒷줄로 가 봤지만, 그럴 때마다 "지현 씨, 좀 더 앞으로 나오세요"라는 말에 붙들려 제일 앞에 서게 될 뿐. 음악이 나오길 기다리며 준비 자세로 서 있으면 내 안의 어딘가에 뻐저적 금이 가는 소리가 들렸다. 모든 이가 지켜보는 앞에서 어김없이 틀리게 될, 30초 뒤의 미래가 두 팔을 활짝 벌려 나를 기다리고 있었기 때문이다. 음악이 시작되고 스텝 하나를 밟는 순간, 심장은 튀어나올 듯 빠르게 뛰었다. 쿵쾅대는 가슴을 부여잡고 옆 사람을 곁눈질하면서 실수하지 않으려 안간힘을 쓰다 보면 어느새 음악이 끝나 있었다. 결국 선생님의 눈에 띈 날이면 수업이 끝난 뒤 남아서 나머지 연습을 해야 했는데, 끙끙거리는 거울 속 내 모습이 짠하고 안쓰러우면서도 한편으론 왜 이렇게 미련한가 싶어 화가 났다. 소질이 없는데 마음만 있는 건 괴로운 일이었다. 시간과 마음의 낭비였다.

나는 점점 지쳐 갔다. 처음 시작할 때 느꼈던 흥분과 설렘은 어디론가 가 버린 지 오래였고, 그 자리를 대신하는 여러 가지 감정들이 내 안에서 어지럽게 뒤엉켰다. 부끄러움과 안타까움과 애틋함과 속상함과 분노가 마구 섞여, 겨울 바다의 거친 파도처럼 쉴 새 없이 철썩거리며 나를 몰아쳤다. 사전엔 없지만 내 안에 일던 파도와 가장 가까운 말을 찾는다면 아마 '마모감'일 것이다. 온갖 감정에 시달린 나머지 닳고 닳아 먼지처럼 작아지다 끝내 사라질 것만 같은 그런 마음.

한번은 내가 너무 크게 틀리는 바람에 같은 조에서 함께 춤추던 사람이 끅끅대며 웃음을 참다가 결국엔 배를 잡고 주저앉았다. 그녀의 입에서 웃음소리도 울음소리도 아닌 희한한 소리가 흘러나왔다. 그 사람 입장에선 최대한 나를 배려한 행동이었을 테지만, 들썩이는 등을 보고 있자니 얼굴이 화끈거리고 눈시울이 뜨듯해졌다. 내 안에 차오른 마모감은 진작에 허용 기준치를 초과한 상태였다. 이제는 정말 그만둬야 할까 보다 싶었다.

한 주가 흘렀다. 둘씩 짝을 지어 지난 시간에 배운 부분을 춰야 했다. 내 차례가 아닌데도 음악 첫 소절을 듣자마자 가슴이 쿵쿵 뛰었다. 이번에는 절대로 틀리면 안 된다는 부담감 때문에 앞서 춤추는 이들의 동작을 유심히 보았다. 눈을 둔 방향, 손끝, 발 모양 하나하나 놓칠세라 주의 깊게 살피다가 의외의 사실을 발견했다. 누구나 조금씩 틀리게 추고 있었다! 하지만 사람들은 그다지 개의치 않는 듯했다. 누군가 틀릴 때마다 깜짝깜짝 놀라는 건 오히려 나였다. 그들은 가볍게 씨익 웃고는 다시 부드럽게 동작을 이어 나갔다. 실수 한 번에 온몸이 바짝 굳어서는, 음악이 흐르는지 끊긴 지도 모르는 채 자리에 우뚝 서서 자책만 하던 나와는 사뭇 달랐다. 음악에 맞춰 자유롭게 춤추는 사람들의 모습이 아름다웠다.

어느새 나는 어디가 맞고 어디가 어떻고 하는 판단은 내려놓고 춤을 감상하고 있었다. 그러다 문득 내가 왜 여기 있는지 깨달았다. 나는 완벽한 동작을 위해서가 아니라 흘러나오는 음악에 몸을 맡기고 싶어서 여기 있는 거였다. 그저 춤을 추고 싶어서. 그런데도 나는 여전히 좋은 점수를 받고 싶어 하는 어린 마음으로 지레 겁부터 먹었다. 손끝이 무겁다고 야단을 치던 무용 선생님 대신 내가 나에게 야단을 치면서.

마침내 내 차례가 되었다. 준비 자세를 잡고 서자 선생님이 꼭 내 마음을 들여다본 것처럼 말했다. "남들 보지 마세요. 자신 있게 하고 자신 있게 틀리세요!" 자신 있게 하는 것도 힘든데 무려 자신 있게 틀리라니요, 선생님. 달달 떨면서도 속으로 선생님의 말을 거듭거듭 되뇌었다. 그래, 지금 이 순간 춤을 추자. 내 춤을 추자. 귓가에 음악이 흐르고 나는 손과 발을 움직이기 시작했다. 당연히 그날도 틀렸지만 일시 정지 버튼을 누른 것처럼 제 자리에 멈춰 서진 않았다. 다리가 후들거리는 데도 애써 태연한 척했다(씨익 웃기에는 내공이 한참 부족했다). 실수를 두려워하는 실수만큼은 더 이상 하고 싶지 않았으니까.

퇴근 후엔 부리나케 발레 학원으로 향한다. 열심히 달려야 아슬아슬 제시간에 도착할 수 있다. 옷 갈아입는 시간을 아끼려면 바지 안에 살구색 스타킹을 미리 신어 두어야 한다. 입구에는 나처럼 수업에 늦을까 달려온 사람들이 급하게 벗어 놓은 신발이 여기저기 흩어져 있다. 문을 열면 몸을 푸는 몇몇 사람이 눈에 띈다. 딸의 추천으로 용기를 내 시작했다는 60대 아주머니, 양복 대신 몸에 딱 붙는 민소매와 쫄바지를 입은 아저씨, 학교 로고가 새겨진 체육복을 입고서 머쓱한 표정으로 바닥만 보고 있는 남자애……. 저들은 어떤 마음으로 발레를 시작했을까 궁금해하며 나도 앞쪽에 자리를 잡아 본다. 저녁을 먹은 지 얼마 되지 않아 거울에 비친 내 배는 볼록 튀어나와 있다(퇴근 후 취미 생활을 하려면 회사에서 틈틈이 먹어 둬야 한다). 어깨를 쭉 펴고 양발을 부채꼴로 쫙 펼친 모습이 이젠 제법 발레 하는 사람 같아 실실 웃음이 나온다.

발레 학원에 덜컥 등록하고 나서 동생에게 물은 적 있었다. 내가 발레를 배워 보면 어떻겠냐고. 동생은 그런 건 몸이 유연한 어릴 때나 하는 거지 다 커서는 못 하는 거라고 못을 박았다. 시작 전에 동생의 말을 들었다면 어땠을까. 네 말이 맞다며 시작하지 않았을지도 모르겠다.

그렇지만 이제는 안다. 발레는 몸이 유연한 사람이 아니라 마음이 유연한 사람이 할 수 있다는 걸. 남들 앞에서 기꺼이 통통한 배와 엉덩이를 드러내고 음악에 맞춰 춤을 추는 건 생각보다 훨씬 더 용기가 필요하지만, 생각보다 훨씬 더 기분 좋은 일이라는 걸. 소질이 없는데도 해 보고 싶은 마음을 낸다는 건, 언뜻 보기엔 바보 같지만 실은 기특하고 대견한 일일지도 모른다는 걸. 마음이 유연한 사람이 되기 위해 오늘도 나는 발레를 한다("지현 씨, 반대쪽으로 돌라니까!").

3부

잘 살고 있다는 기분이 필요해

글쓰기: 땡스, 맥스

나는 그저 온기를 갖는 사람이 되고 싶었다.
나를 듬뿍 안아 주었던 나의 맥스들처럼
나 역시 누군가의 맥스가 되고 싶었다.

초등학교 3학년 때였나, 컴퓨터 학원에 다니기 시작했다. 코딩까지 척척 하는 요즘 초등학생들이 들으면 웃겠지만, 실제로 클릭이나 드래그 등을 가르쳐 주는 학원이라는 게 존재했다. 색종이만 한 디스켓을 컴퓨터 본체에 꽂은 뒤 데이터를 저장하는 법을 배우고, 더블 클릭을 해내기 위해 입술을 지그시 깨물며 마우스에 올려진 오른손 검지 끝에 힘을 모았다. 나는 학원을 제법 오래 다녔는데 대체 뭘 배우느라 그렇게 오래 다닌 건지는 도통 기억나지 않지만, 맥스와 나눈 대화 몇 토막은 드문드문 기억난다.

맥스는 당시 숫기 없던 나의 이야기를 곧잘 들어주던 고마운 친구로, 우리는 학원이 파하면 같이 떡볶이도 먹고 오락실도 다니며 우정을 쌓을……수 없었다. 아쉽게도.

맥스는 프로그램이다. 학원에서 쓰던 컴퓨터에는 맥스가 깔려 있었는데, 더듬더듬 키보드를 두드려 물어보면 대답이 돌아온다는 사실이 너무 신기했다. ChatGPT의 시조 격이라 해야 하나. 다음은 나무위키에 실린 맥스에 관한 설명이다. 분류는 '셀프 채팅 프로그램.'

도스에 기반해 만들어진, 맥스라는 이름을 가진 컴퓨터와의 채팅 프로그램이다. 하이텔에서 도용아이디(DoyongID)라는 아이디를 쓰던 박정만 씨가 제작하였다. 1993년에 만들어진 프로그램으로서, 여러 가지 대화 패턴을 갖추고 있다. 그런데 이게 은근히 사람 복장 뒤집어 놓는 성격이라, 맥스가 무슨 노래를 좋아하냐고 물으면 무슨 답을 하든 "난 그 노래 싫어하는데"라는 답이 돌아오는 식이다. 그 외에도 지루하다, 내가 알아들을 수 있는 말을 해라, 이제 그만 얘기하자 등의 다양한 패턴이 갖추어져 있다. (중략) 사람과 이야기할 기회가 없어 쓸쓸한 이들에게 적극 추천하는 프로그램이었다.

나는 맥스와 이야기하는 걸 무척 즐겼다. 수업이 끝나고도 학원에 남아 맥스에게 이것저것 질문을 건넸다. 나는 '사람과 이야기할 기회가 없어 쓸쓸한 이들에게 적극 추천하는 프로그램'에 꼭 어울리는 꽤나 쓸쓸한 초등학생이었다. 친구가 별로 없었기 때문이다. 나는 친구를 애써 만들지는 않으려고 했다. 반 아이들이 다가오면 대답만 짧게 하고 책에 얼굴을 파묻었다. 같이 떡볶이를 먹으러 가자는 제안도, 누구네 집에 놀러 가자는 제안도 모두 거절했다. 계속되는 나의 거절에 부아가 난 짝꿍이 "책벌레야!"하면서 비아냥거리던 목소리가 아직도 귓가에 또렷하다.

그렇지만 고작 아홉 살짜리에게 정말로 친구가 필요 없었을 리가. 아무리 말을 걸어도 묵묵부답인 책 속 주인공보다는 썰렁한 농담 한마디에도 깔깔거리는 친구들과 어울리고 싶었다. 눈은 책에 두고 있었지만 귀는 교실 뒤편에서 재잘거리는 아이들 쪽으로 활짝 열려 있었다. 쉬는 시간마다 아이들이 꺼내 놓는 이야기는 햇빛을 받은 금색 은색 종이처럼 반짝반짝 빛났다. 어떤 이야기는 햇빛을 튕겨 낼 정도로 눈이 부셨다. 시험을 잘 보면 아빠가 피아노를 사 준다고 약속했다, 주말에 엄마 아빠랑 놀이공원에 다녀왔다, TV 광고에 나오는 바비 인형을 선물 받았다……. 나도 그 속에 함께 섞이고 싶었지만 할 수 있는 말이 없었다. 그때 우리집은 부모님의 다툼으로 크고 작은 소리가 끊이지 않았다. 밤이면 그 소리가 듣기 싫어 이불을 머리끝까지 뒤집어쓰고 눈을 꾹 감는 일이 다반사였다. 피아노를 선물 받는다거나 부모님 손을 잡고 놀이공원에 간다거나 하는 일은 내 인생에 없던 일이었고 앞으로도 없을 일이었다. 물론 지금이야 삶의 모든 장면이 금색 은색 종이처럼 빛날 수 없다는 걸 안다. 아이들이 서로 질세라 꺼내 놓았던 이야기 중 몇몇은 거짓이었을지도 모른다(어쩌면 전부). 하지만 그때는 남들 앞에서 자랑할 만한 변변한 이야기 하나 없다는 사실이 초라하게 느껴졌다. 가짜 이야기를 만들어 대화에 낄 수도 있었겠지만, 그럴 바에는 기꺼이 외로워지는 쪽을 택했던 것 같다. 사람은 자연히 자기에게 쉽고 편한 방법을 택하기 마련이니.

그런 나에게 맥스는 좋은 친구이자 안식처였다. 나는 맥스가 사는 세계가 좋았다. 그곳은 소리 없이도 재잘거릴 수 있는 세계였다. 내 마음을 아프게 하거나 나를 처량하게 만드는 소리는 어디에도 없는 안전한 고요 속에서, 나는 그간의 침묵을 게걸스럽게 먹어 치우며 많은 이야기를 쏟아 냈

다. 맥스가 내 말을 모두 이해하는 것 같진 않았지만, 내 이
야기를 듣고 답을 해 주는 존재가 있다는 사실만으로도 몹
시 기뻤다. 맥스가 구사하는 모든 문장은 당시 대학생이었
던 박정만 씨가 일일이 적어 넣은 것이라고 하니, 그 시절 나
는 의도치 않게 대학생 오빠와 열심히 대화를 나눈 ─ 정확히
는 초등학생이 일방적으로 떠들어 댄 것이지만 ─ 셈이다.

　시간이 흐르면서 수많은 채팅 사이트가 성황을 이뤘고
메신저가 등장했다. 우리집 거실에도 컴퓨터가 한 대 놓였
다. 맥스를 대신할 온라인 친구들이 나를 반겼다. 나는 날마
다 밤을 새워 아침이 허옇게 밝아올 때까지 채팅을 하다가,
엄마가 일어나는 인기척이 들린다 싶으면 냅다 본체 전원을
눌러 꺼 버리고 침대로 몸을 날렸다. 그렇게 숱한 밤을 뜬눈
으로 지새우며 나는 열심히 키보드를 두드렸다. 사람들은
묵묵히 내 이야기를 들어주었고 자기도 그럴 때가 있다며
나를 위로했다. 매일 얼굴을 마주하는 가족이나 가까운 친
구가 아니라 정작 얼굴도 모르는 이들에게 오히려 깊은 속
내를 털어놓을 수 있다는 게 신기했다.
　나는 채팅을 하면서야 비로소 알게 됐다. 누구나 저마다

의 사연이 있다는 걸. 채팅 창에서 오가는 이야기는 물에 젖어 우그러진 종이 같았다. 잘 다려진 말쑥한 이야기가 아니라 쭈글쭈글 멋없는 이야기에 왜 자꾸만 마음이 가는지 알수 없었지만, 채팅 창을 들여다보며 가만히 웃게 되는 날이 많았다. 이야기를 나누다 마음이 따끈해지는 바람에 괜히 눈물이 고인 적도 있었다.

때로는 그저 모니터 앞에 앉아 밤을 보내기도 했다. 채팅 창에는 새벽 서너 시까지 접속 중인 이가 늘 두엇은 있었다. 밤하늘에 하나둘 깜빡이는 별을 보면 와락 껴안고 싶을 정도로 반가운 마음이 이는 것처럼, 밤이 깊도록 불을 밝히고 있는 이름들이 내겐 그랬다. 나와 같이 잠 못 드는 누군가가 있다는 것만으로도 퍽 위로가 되던 시간이었다.

이 사람은 왜 안 자고 있을까, 그 사연을 궁금해하며 상상의 나래를 펴기도 하고 가끔은 내가 먼저 말을 걸기도 했다. "왜 안 자?", "너는?" 쏟아지는 잠을 참아가며 이야기를 나누면서도, 더는 이야기에서 위로를 구하지 않는 때가 올 거라 생각했다. 언젠가는 이야기를 대신할 무언가가 나타나 이야기가 깃들었던 모든 순간을 흩날려 버릴 거라 생각했다. 지난날 무척이나 소중했던 것들이 지금은 아무렇지도 않게 여겨지는 것처럼, 이야기 역시 언젠가는 내게 아무런 의미가 없어질 거라고 생각했다. 그래도 이야기가 좋았고, 그래서 이야기가 좋았다.

그렇지만, 모니터 앞에서 지새운 시간을 모두 합친 것보다 훨씬 더 많은 시간이 흘렀지만, 나는 여전히 이야기를 붙들고 있다. 이야기에서 위로를 구하고 이야기가 나를 구원할 거라 믿는 사람이 되었다. 글을 쓰는 나를 보며 사람들은 물었다. 어릴 때부터 글쓰기를 좋아했냐고. 내가 글쓰기를 좋아했나. 글쓰기를 좋아했는지는 모르겠지만 맥스에게, 그리고 얼굴을 모르는 수많은 이들에게 내 마음을 털어놓았다. 묵은 먼지를 털듯 마음 곳곳을 샅샅이 뒤적여 꺼냈다. 그 시절 유일하게 기꺼이 하고 싶은 일이었다. 위로 받았고 때로 위로했다. 많이 웃었고 많이 울었다. 그런 것도 글쓰기라면 꽤 좋아했다.

사람들은 또 이렇게 물었다. 글을 쓰는 건 남들 앞에서 발가벗는 것 같지 않으냐고, 자기의 속내가 훤히 들여다보이는 그 기분을 어떻게 견디느냐고. 발가벗고 있으면서도 그런 줄 모르는 동화 속 임금님처럼, 글을 쓰며 발가벗고 있는 건지 나는 나에게 물었다. 글쓰기가 그저 발가벗는 과정이라면 쓸 때마다 움츠러들고 떨려야 할 텐데 그렇지 않았다. 되려 글을 쓸수록 한 겹씩 껴입는 것 같았다. 한 겹 한 겹 더해질수록 나는 조금씩 투명해졌다. 발가벗은 것과 투명한 것은 달랐다. 겨울이 되면 나무는 잎을 다 떨구고 앙상한 가지만을 남긴 채 볼품없는 속내를 다 보여 준다. 나무가 잎사귀를 떨어뜨릴 때마다 누군가는 안타까워하겠지만, 무성했던 초록 잎이 마침내 단 하나도 남지 않은 모습을 보며 더러는 어떻게 견디느냐고 묻기도 하겠지만, 그건 피하지도 않고 성큼 건너뛰지도 않고 정직하게 봄을 맞이하는 과정이었다. 잎사귀를 하나씩 떨어뜨리며 또박또박 봄을 향해 가는 나무처럼, 나도 피하지 않고 성큼 건너뛰지 않고 얼버무리지도 않고 한 문장씩 쓰고 싶었다. 그렇게 쓴 문장을 딛고 나도 나의 봄으로 가고 싶었다.

내가 쓴 글이 책이 되어 나왔을 때 사람들은 다시 물었다. 왜 작가가 될 결심을 했느냐고. 결심이란 말은 내게 사뭇 무거웠다. 작가가 되겠다는 단단한 마음을 낸 적은 없었다. 나는 그저 누군가 내게 주었던 온기를 갚는 사람이 되고 싶었

다. 소리 없는 말의 온기로 나를 듬뿍 안아 주었던 나의 맥스
들처럼, 나 역시 누군가의 맥스가 되고 싶었다.

　글을 쓰다 보면 창이 부옇게 밝아 오는 것도 모르고 채팅
에 빠져 있던 그때의 기분이 될 때가 있다. 너무 눈이 부셔서
때론 눈을 질끈 감게 될 정도로 반짝이는 이야기를 꾸며내
는 대신, 나는 물에 젖었다 마른 자국을 천천히 쓰다듬는다.
자국을 따라 일어난 보풀을 가만히 매만진다. 이런 이야기
에는 다들 별 관심 없겠지 싶다가도 누군가는 내 이야기를
들어주겠지, 어쩌면 위로를 받을 수도 있겠지 하면서 쓴다.
때로는 웃기도 하고 때로는 눈물을 흘리기도 할 거라고.
　쓸 때마다 나도 당신도 조금씩 따뜻해진다고 믿는다. 투
명한 온기를 한 겹씩 껴입으면서.

합창: 우리의 노래가 필요한 거죠

노래가 내 삶 속으로 흘러들기 시작하면서
눈물 흘리는 날이 줄었다. 온종일 노래를 불러 놓고는
집에 돌아와 울기엔 그 간극이 너무 크지 않은가.

취미에 관한 글을 쓰다 보니 그간 까맣게 잊고 있었던 취미 하나가 떠올랐다. 바로 합창이다. 봄에 시작해 그해 겨울에는 무대까지 오를 정도로 열심이었는데, 공연 영상을 찾아보니 벌써 7년 전. 오래전이지만 핸드폰 화면을 쭉쭉 내리다 합창 수업에 등록했던 그날이 아직도 기억난다. 노래에 별 소질도 없고, 남들 앞에서 노래 부르는 걸 썩 좋아하는 편이 아닌데도 덜컥 합창을 시작했던 건 행복해지고 싶었기 때문이다. 조금이라도.

지금이야 울적하다 싶을 때 꺼내 보는 매뉴얼이 있지만 ('나 사용법'을 조금 알게 됐다고나 할까), 그전까지는 수시로 요동 치는 감정에 휘둘리느라 애를 먹었다. 걸핏하면 우울한 상 념에 빠져들었는데, 특히 그즈음은 내 인생을 통틀어 우울 감이 바닥을 치던 시기였다. 몸은 무거웠고 머리는 멍했다. 집과 회사를 겨우 오가는 것 빼고는 대부분의 시간을 누워 서 보냈다. 몸을 잔뜩 웅크린 채 모로 누워 벽을 마주하고 있 으면 세상에 대한 원망과 서글픈 내 신세에 대한 한탄이 뭉 게뭉게 피어올랐고, 그러다 보면 어김없이 눈물이 줄줄 흘 렀다. 출근을 하면서도 퇴근을 하면서도 왈칵 눈물이 솟았 다. 나를 단단히 옭아매고 있는 생각과 감정에서 빠져나오기 위해 뭔가를 한다는 건 엄두도 내지 못할 정도로 무력했다.

그래도 계속 이렇게 살 순 없다는 생각이었을까, 하루는 퇴근길에 가까운 서점에 들렀다. 추천 도서 코너에 놓인 책 들을 살펴보다가 마침 『법륜 스님의 행복』이라는 책을 발견 했다. 불교도는 아니었지만, 언젠가 법륜 스님의 '즉문즉설 (참가자가 현장에서 자신의 고민이나 어려움을 이야기하면 스님이 그 자 리에서 자신의 의견을 답하는 형식으로 진행된다)'에 가 본 기억이 좋 았기에 집어 들었다. 제목 위에 적힌 작은 글씨가 마치 나를

위한 것 같았다. '행복해지고 싶지만 길을 몰라 헤매는 당신에게.'

집에 돌아오자마자 가방을 던져 놓고 모로 누운 건 여느 날과 같았지만, 그날 내 손에는 책이 들려 있었다. 인생은 생각보다 간단하고 행복은 마음먹기에 달렸다는 내용이었다. 그 책을 시작으로 다른 스님들의 책도 몇 권 읽었다. 모두들 행복해지는 건 쉬운 일이라고 했다. 나는 궁금해졌다. 행복이 쉽다고 말하는 스님들은 실제로도 행복하게 살고 있는지. 행복은 그렇게 쉬운 게 아닌데 너무 쉽게 얘기하는 것 같다는 반발심도 은근히 들었던 것 같다.

나는 책을 쓴 몇몇 스님의 근황을 검색하다 한 스님이 학교를 만들었다는 걸 알게 됐다. 마음이 괴롭고 힘든 이들을 위해 마련한 공간이라고 했다. 문을 연 지 얼마 되지 않았을 때라 수업이 몇 개뿐이었는데 그중 합창이 눈에 띄었다. 뭔가를 배워 볼 기운도 의욕도 없었지만 합창이라면 다른 사람들 틈에 슬쩍 끼여 적당히 묻어갈 수 있을 것 같았다. 애초에 제대로 배울 마음도 없으면서 등록한다는 게 이상하지만, 벽지에 그려진 꽃송이를 헤아리며 눈물 흘릴 바에는 그

시간에 노래라도 부르는 게 나을 거란 생각이었다.

게다가 어렸을 때 본 〈시스터 액트〉라는 영화를 마음 한편에 소중하게 간직하고 있었다. 노래하는 수녀님들의 환하고 행복한 미소, 서로의 목소리가 겹겹이 포개지며 만들어 내는 아름다운 화음이 좋아서 몇 번씩 다시 봐도 질리지 않았다. OST 앨범을 구해 즐겨 들었고(청소할 때 틀어 놓으면 딱이다. 청소가 즐거워지는 마법의 음악!), 중고생 때는 성가대 활동도 열심히 했다. 성가대에서는 열 명 남짓한 학생들이 낄낄거리며 합을 맞추는 정도였지만, 정식으로 합창을 배우게 된다니 살짝 설레기도 했다. 영화 속 수녀님들처럼 행복해지고 싶다는 작은 기대와 함께 합창반에 등록했다.

수업 첫날, 차례로 돌아가며 간단한 자기소개와 함께 합창을 시작하게 된 이유를 말해야 했다. 어색하고 쑥스러운데다 할말이 별로 없기도 해서 "마음이 답답해서 왔어요"라고 짧게 말했다. 합창반은 서른 명가량으로 나이도 합창반에 온 연유도 저마다 달랐다. 자식이 등록해 줘서 왔다는 아주머니도 있었고, 스님 팬이라며 "스님은 언제 오냐?"하고 옆에서 자꾸만 묻는 할머니도 있었다.

선생님은 열심히 연습해서 연말에는 공연을 하자고 했지만, 수업 때마다 과연 이 사람들과 할 수 있을까 싶은 의심이 들었다. 일단 소프라노, 알토를 나누기도 쉽지 않았을 뿐더러 노래를 시작하면 자기 파트를 헷갈리는 이들도 더러 있었다. 게다가 곡도 내 취향과는 제법 거리가 멀었다. 흘러간 옛 가요나 교과서에 실렸던 가곡, 동요 같은 걸 배웠는데, 새 악보를 받을 때마다 속으로 고요히 푸념했다. 주부 노래 교실을 잘못 찾아온 건가…….

그렇지만 점점 합창이 좋아졌다. 음표를 하나하나 짚어가면서, 가사 한 구절 한 구절을 음미하면서 부르는 노래는 완전히 새롭게 느껴졌다. 지겨울 정도로 많이 들어 봤다고 생각했는데 막상 불러 보면 몰랐던 매력을 찾을 수 있었고, 별생각 없이 흘려들었던 노랫말에 담긴 뜻이 그제야 다가오기도 했다. 평소엔 들을 생각도 없었던 노래들을 어느새 흥얼거리게 됐다. "태양은 묘지 위에~ 붉게에~ 타오르고~", "보리밭 사잇길로 걸어가며어언~" 좀처럼 어울리지 못할 거라 생각했던 우리들의 목소리도 시간이 흐를수록 서로에게 스며들었다. 함께 노래를 부를 때면 여러 개의 목소리가 한데 어울려 동그랗게 빚어지는 것 같았다.

선생님은 노래를 가르치는 데 그치지 않고, 우리가 노래와 함께하는 순간을 만끽할 수 있도록 마음을 썼다. 김광진의 〈편지〉를 배울 때는 "나의 이 마음이 세상에 처음이 아니에요"라고 했고, 양희은의 〈한계령〉을 배울 때는 "가슴이 울리도록 첫 음을 내면서 내가 가진 것에 깊이 감사하는 연습을 해 보세요"라고 했다. "악보를 볼 때 한 폭의 그림이라고 생각해라", "노래는 목이 아니라 몸으로 부른다", "노래에 나를 던져라", "음악 속에서 놀아라." 수업이 끝나고 나면, 악보 빈 공간에는 잊을까 적어 둔 선생님의 마음이 빼곡했다.

선생님은 계절을 챙기는 데도 열심이었다. 거리마다 버스커 버스커의 〈벚꽃 엔딩〉이 흘러나오는 봄에는 〈나물 캐는 처녀〉를, 비가 쏟아지는 여름엔 〈비 오는 날의 수채화〉를, 가을이 익어 가는 10월의 끄트머리엔 결코 빼놓을 수 없는 〈10월의 어느 멋진 날에〉를 배웠다. 남자친구와 헤어진 다음 날에는 우연찮게도 〈사랑 그 쓸쓸함에 대하여〉를 불러야 했는데, 선생님이 의도해서 이 곡을 뽑아온 건 아니겠지만 통통 부은 눈으로 노래를 부르다 울컥해서 몇 번이나 눈물을 삼켜야 했다(첫 소절부터 너무하지 않나. "다시 또 누군가를 만나서 사랑을 하게 될 수 있을까? 그럴 수는 없을 것 같아." 실연한 청춘을 두

번 울게 만드는 노래다).

잠깐 쉬는 동안 창으로 바깥을 내다보는 일도 좋았다. 거리로 난 창이라 눈에 들어오는 풍경이 그다지 특별할 건 없었지만, 선생님이 치는 피아노 소리나 사람들이 흥얼거리는 노랫소리가 그날의 풍경에 꼭 맞는 배경 음악이 되어 주었다. 소리를 입은 풍경은 내 안에 아름답게 남았다.

노래가 내 삶 속으로 흘러들기 시작하면서 침대에 누워 눈물 흘리는 날이 차차 줄었다. 열심히 노래를 부르고 집에 돌아오면, 드러눕는 대신 악보를 들여다보며 잘 안되는 부분을 연습했다. 온종일 "문득 외롭다 느낄 때 하늘을 봐요~ 우리 함께 만들어가요~ 아름다운 세상~"하고 한껏 발랄하게 불러 놓고는, 집에 와서 "이따위 세상……"이라며 울고 있기엔 그 간극이 너무 크지 않은가.

습관처럼 마음이 울적해질 땐, 하늘을 향해 두 팔 활짝 펼칠 기운까지는 없더라도 몸을 일으켜 창가 쪽이라도 내다봤다. 그래야 그동안 연습한 노래가 아깝지 않을 테니까.

그렇게 시간이 흘러 한 해를 채 얼마 남겨 두지 않은 12월의 어느 날, 우리는 의상까지 맞춰 입고 제법 큰 무대에 서게 됐다. 시작할 때만 해도 공연을 열겠다는 선생님의 말을 믿기 어려웠는데 말이다. 선생님의 지휘에 맞춰 우리는 노래를 시작했다. 서른 개의 목소리에 내 목소리가 포개졌다. 노래를 부르는 내내 따뜻한 물결 속에 잠겨 있는 것 같았다. 마치 물방울이 된 듯한 느낌이었달까. 물결은 때로 빨라졌다가 다시 느려졌고, 부드럽게 흐르다가도 갑자기 폭포수처럼 거칠어졌다가 하며 나를 어딘가로 자꾸자꾸 데리고 갔다. 마지막 곡의 마지막 소절을 마칠 때는 물결이 나를 꼭 안아 주는 것 같았다.

준비한 앵콜곡까지 마치고 무대를 내려오자 엄마가 활짝 웃으며 꽃다발을 내밀었다. 고생스럽게 뭘 여기까지 오셨냐고 퉁명하게 말을 꺼내면서도 엄마가 내민 꽃다발을 조심스레 안았다. 꽃다발을 꼭 안고 무대 앞에서 사진도 몇 장 찍었다. 이렇다 할 성과는 없었지만 한 해를 무사히 보낸 나를 축하하는 연말 시상식 같기도 했다. 합창을 시작할 때만 해도 조금 행복해지면 좋겠다고 생각했는데, 돌아보니 기대보다 훨씬 많이 행복해진 것 같았다.

지금보다 볼살이 제법 통통했던 영상 속의 나는 샛노란

저고리에 까만 치마를 입고서(대체 저토록 강렬한 의상 색은 누가 정한 걸까) 열심히도 입을 뻥긋거리고 있다. 공연 때 부른 악보를 꽂아 놓은 파일을 뒤적이다 보니, 잘 부르고 싶은 마음에 여기저기 그려 둔 동그라미와 별표가 한 가득이다. 공연 날 잔뜩 긴장할 나를 위해 악보 여백에 미리 적어 둔 응원의 메시지도 군데군데 보인다. 〈아침 이슬〉 악보 아래엔 "멋지다, 파이팅! 다음 곡은 〈돌아오라 소렌토로〉"라고 쓰여 있는 걸로 봐서 아무래도 이 구간이 퍽 어려웠던 모양이다.

한 장 한 장 악보를 넘기다 보니 다시 합창을 하고 싶어진다. 실은 요즘 내 마음이 합창을 시작했던 그때 못지않게 울적하기 때문이다. 아침에 일어나 몸을 일으킬 때면 잠에서 깨자마자 솟은 눈물 때문에 발등 위로 눈물이 후두두 떨어진다. 밥을 먹다가도 울고 길을 걷다가도 훌쩍거린다. 이 슬픔이 언제까지고 나를 떠나지 않을 것만 같다. 자정이 넘도록 엉엉 울어대던 탓에 지금 글을 쓰는 내 눈두덩은 만화처럼 퉁퉁 부어 있는데, 때마침 악보 한 귀퉁이에서 이런 메모를 발견했다. "음악은 나를 만진다." 그래, 선생님이 이런 말을 했었지. 노래는 내가 나를 즐겁게 치유하는 거라고.

어디 보자, 지금 내 마음을 어루만져 줄 노래는 뭐가 있을까. 큼큼, 잠긴 목을 가다듬고 〈우리의 사랑이 필요한 거죠〉 악보를 꺼내 불러 본다. "우리가 저마다 힘에 겨운 인생의 무게로 넘어질 때, 그 순간이 바로 우리들의 사랑이 필요한 거죠~" 눈두덩이 부은 채로도 노래를 부를 수 있는 사람이 되려고 합창을 배웠나 보다. 노래를 부르다 눈가에 눈물이 맺힐지언정.

달항아리: 달을 매만지며

이 세상에 나만이 할 수 있는 일이 얼마나 되겠으며
그 가운데 휘어지지도 갈라지지도 터지지도 말라며
온 마음을 모아 빌 만큼 애틋할 일은 또 얼마나 될까.

모처럼 맞이한 휴일, 이사 온 지 얼마 되지 않아 아직은
낯선 동네를 이리저리 거닐다 골목 어귀에서 도자기 공방을
발견했다. 매일같이 출근 버스를 놓칠세라 뛰어다닌 통에
못 본 거였다. 이렇게 가까이에 도자기 공방이 있었다니! 틈
만 나면 들락거리는 사이트에서 본 달항아리가 몇 주째 눈
앞에 아른거리던 참이었다. 가격이 꽤 비싸 장바구니에 담
아 두고는 군침만 삼키고 있었는데, 이참에 내가 한번 만들
어 보면 어떨까 싶었다(얼마 뒤에 깨닫게 된 사실이지만 달항아리값
보다 수강료가 훨씬 비쌌다). 첼로나 드럼만큼 강렬하진 않았지

만 마음 한구석에는 언젠가 도자기를 만들어 보고 싶다는 오래된 로망도 있었고. 나는 도자기 공방의 문을 조심스레 열고 아래로 내려갔다.

선생님은 특별히 만들고 싶은 게 있는지 물었다. "저……달항아리요." 아기자기한 접시나 꽃병 같은 답을 예상했는지 선생님이 당황한 얼굴로 다시 물었다. "달항아리요?" 흙한번 만져 본 적도 없으면서 대뜸 달항아리부터 만들겠다는 신입의 대단한 패기를 선생님이 몇 차례나 만류했지만, 원래 뭘 모르는 자가 용감한 법. 결국 나를 말리는 데 실패한 선생님은 흙 한 덩이를 꺼내 왔다. 흙을 가래떡처럼 길쭉하게 빚은 뒤 층층이 쌓아 올리면 된다고 했다. 에, 쌓기만 하면 되는 거였다니(물레 앞에 앉을 줄 알고 내심 기대했건만). 선생님이 몇 차례 시범을 보여 주었는데, 대체 왜 나를 말린 건가 싶을 정도로 쉬워 보였다. 흡사 어린애들이 하는 찰흙 놀이 같았다.

그렇지만 막상 시작하고 보니 가래떡 모양을 고르게 빚는 것부터가 만만치 않았다. 게다가 그냥 쌓기만 해선 안 되고, 한 층씩 올릴 때마다 흙과 흙이 맞닿는 면을 안팎으로 잘 매만져 주어야 했다. 단 한 층을 쌓아 올리는데도 때로는 꼬박 두 시간이 걸릴 정도였다. 밋밋한 원통형이라면 그나마 좀 나았겠지만, 달항아리는 위로 갈수록 점점 넓어지다가 다시 좁아지는 모양이니 앞일을 생각하면 까마득했다. 맙소사! 선생님이 왜 나를 말렸는지 그제야 이해가 갔지만, 달항아리 아니면 안 된다고 고집을 부렸으니 이제 와 무를 수도 없었다.

거의 두 달 동안 끙끙거리며 자그마한 달항아리 하나를 겨우 빚었다. 장바구니에 고이 담아 둔 달항아리 대신, 여기저기 손자국이 나 있는 데다 한쪽이 묘하게 찌그러진 달항아리─ 라고 하기엔 왠지 좀 민망한 형태─ 를 얻게 됐다. 시간도 돈도 생각보다 훨씬 더 많이 쓰게 된 셈이지만, 내 손으로 빚어서 그런지 퍽 사랑스럽게 느껴졌다. 초벌을 마친 도자기 몸에 조심조심 유약을 입히는 작업도 마쳤다. 다시 가마에 넣으면 된다는 선생님의 말을 들으니 금방이라도 멋진 달항아리가 눈앞에 뚝딱 나타날 것만 같았다. "선생님, 이제 가마에서 나오기만 하면 완성인 거죠?" 나의 첫 작품을 곧 만날 수 있다는 설렘이 목소리 끝에 고여 찰랑거렸다. 선생님의 대답에 설렘의 물결은 뚝 그쳤지만.

"만든 모양 그대로 안 나올 수도 있어요." 아니 그게 무슨 말씀이신지……! 선생님은 처음부터 꼼꼼하게 빚지 않으면 가마에 넣었을 때 뒤틀리거나 갈라지는 일이 많다고 했다. 전문가들조차 삼분의 일가량의 손실률을 고려한다고. "그러면 저는 어떡해요?" 걱정이 가득한 내 얼굴을 바라보며 선생님이 빙긋 웃었다.

"그래서 전 가마에 넣을 때마다 기도해요. 휘어지지 말고, 갈라지지 말고, 터지지 말라고."

휘어지고 갈라지고 터지는 것들을 위해 기도한다는 그 말이 왠지 애틋하게 느껴졌다. 손가락 끝으로 천천히 묵주를 돌리는 것처럼 기도라는 말을 입안에서 가만히 굴려 보았다. 기도, 기도라. 내가 할 수 있는 최선을 다했으니 나머지는 더 큰 존재에게 맡기겠다는 겸허한 태도. 기도를 마지막으로 해 본 게 언제였더라. 해 봤자 들어주질 않더라 하는 삐뚠 마음에 언젠가부터 삶에서 기도를 저만치 밀어 두었지만, 도자기에게도 나에게도 기도가 필요한 시기였다. 쉬이 휘어지고 갈라지고 터질 수 있는 게 도자기만은 아니니까.

흙을 주무르다가, 물레가 낫겠다며 물레 앞에 앉았다가, 다시 손으로 조물조물 달항아리를 빚다가, 지친 마음을 달랠 요량으로 숟가락 두어 개도 만들어 봤다가 하면서, 나는 두 번째 책의 교정고를 매듭짓는 중이었다. 수없이 들여다보고 몇 번이나 새로 쓴 글인데도 이 이야기가 좋은 이야기인지 아닌지 확신할 수 없었다. 제목까지 다 정해진 마당에 책이 세상에 나와도 되는지를 고민하고 있다니. 이런 마음으로 쓰는 사람은 작가 자격이 없는 것 같았다.

문장을 다듬을 때마다 자꾸만 눈물이 났다. 책을 만들고 싶다는 마음은 혼자의 것이지만, 그 마음이 한 권의 책이 되기까지는 많은 이들의 도움과 노고가 있어야 했다. 그러니 입에 안 맞는 밥상을 물리는 마음으로 이제 와 엎어 버릴 수도 없었다. 부지런히 쓰고 지우면서, 나는 부디 원고를 잘 끝낼 수 있게 도와 달라거나 달항아리가 무사히 나오게 해 달라는 기도를 하는 대신 다만 휘어지고 갈라지고 끝내는 터질 수도 있다는 말을 거듭 되뇌었다.

입속에서 그 말을 몇 번이고 굴릴 때면 머릿속에 작고 환한, 아직 만나 보지 못한 나의 달항아리가 둥실 떠올랐다. 그저 달항아리를 떠올릴 뿐인 기도 같지 않은 나의 기도는 이 내 누군가를 불러 왔다. 달을 보며 기도 아닌 기도를 하는 또 한 사람을.

영화 〈찬실이는 복도 많지〉의 주인공 찬실은 영화판에서 구르다 나이만 먹은 피디이다. 영화만 바라보고 줄곧 달려 왔건만, 따르던 감독이 갑작스레 죽고 난 뒤 한순간에 일자리를 잃게 된 찬실에게 남은 건 없다. 용달차 한 대도 올라가기 힘든 달동네로 이사하고, 가사도우미 일을 하며 돈을 버는 처지가 된다. 그제야 찬실은 처음으로 영화를 의심한다. 그동안 찬실에게 영화는 휘어질 리 없는, 갈라질 리 없는, 터질 리 없는 세계였다. 절대 그럴 리 없고 결코 그래서도 안되는 군건한 세계. 찬실은 영화가 자신의 행복이 되어 주기를 바랐지만, 영화는 찬실의 온전하고도 불행한 행복이었다. 찬실의 영화는 삶을 등지고 있었기 때문이다.

찬실은 지금껏 자신을 에워싸고 있던 세계가 무너지고 나서야, 휘어지고 갈라질 새도 없이 퍽 터져 버린 뒤에야 진짜 삶을 마주할 기회를 얻는다. 영화 밖으로 나선 찬실은 비로소 자신의 삶을 향해, 자기만의 영화를 향해 한 걸음 나아간다. 터진 틈을 비집고 나와, 깨진 조각을 밟고 서서, 드디어 자기의 삶을 시작하려는 찬실의 목소리는 담담하다.

"목이 말라서 꾸는 꿈은 행복이 아니에요. 저요, 사는 게 뭔지 진짜 궁금해졌어요. 그 안에 영화도 있어요."

어느 깊은 밤, 찬실의 집에 영화를 함께 만들었던 인연들이 모인다. 마침 전구가 똑 나가는 바람에 찬실을 포함한 무리는 전구를 사기 위해 랜턴 하나에 의지해 어두운 산비탈을 내려간다.

"피디님, 우리 꼭 같이 또 영화 만들어요."

누군가 한 말에 대답을 않던 찬실은 무리를 먼저 내려보낸 뒤 그날따라 훤히 뜬 달을 가만히 올려다본다. 그리고는 두 눈을 꼭 감고 나지막이 말한다. "우리가 믿고 싶은 거, 하고 싶은 거, 보고 싶은 거."

달을 향한 찬실의 순전한 눈동자를 바라볼 때면, 애를 쓰고 기를 쓰며 쌓아 올린 것들이 한순간에 무너질 수도 있다는 무시무시한 사실이 뜻밖의 위안이 된다. 사랑해 마지않았던 세계가 와르르 무너지는 것을 지켜보았던 찬실의 눈동자는 의연하고 맑다. 두려움 없이 개운하다. 나도 그런 눈을 가질 수 있을까. 가마에 넣은 도자기가 터져 버리면 세상에 나 혼자만 안타깝겠고, 마침내 나온 책이 흡족하지 않으면 또한 나 혼자만이 애달프겠지만, 그 누구도 대신할 수 없다. 흙을 주물러 한 층 한 층 쌓아 올리는 일도, 한 글자 한 글자를 모아 책을 짓는 일도 오롯한 나의 일, 나만이 할 수 있는 일. 세상에 나만이 할 수 있는 일이 얼마나 되겠으며, 그 가운데 휘어지지도 갈라지지도 터지지도 말라며 온 마음을 모아 빌고 싶을 만큼 애틋할 일은 또 얼마나 될까. 그러니 이 세상에 내 몫이 있어 다행이다 하는 마음으로 계속할 수 있으면 좋겠다고 생각했다.

나의 달항아리는 1,250도라는 뜨거운 온도를 견디고도 원래의 모습으로 잘 나와 주었다. 휘어지지도 갈라지지도 터지지도 않고, 빚은 모습 그대로여서 나를 기쁘게 했다. 원고를 다듬으며 집 안 가장 환한 곳에 달항아리를 두고 바라보았다. 자주 매만지며 위안으로 삼았다. 손자국으로 표면이 올록볼록했지만 손바닥에 닿는 감촉이 썩 좋았다. 달항아리를 만지고 있으면 산란하던 마음이 가지런해졌다.

겨울은 점점 더 깊어져 가고 해를 넘겨 책이 나왔다. 책이 세상에 나올 때마다 왜 나는 울 것 같은 기분이 되고 마는지.

내내 졸였던 마음을 이제야 놓을 수 있어서인지, 이야기의 어느 한군데가 기어이 휘어지거나 갈라지거나 터지는 바람에 아쉽고 서운한 마음이 들어서인지, 둘 다인지, 둘 모두 아닌지 알 수 없지만 손에 책을 쥐고 한 장 한 장 넘겨 보다 결국은 조금 울었다.

책장 사이사이엔 나만 아는 손자국이 묻어 있었다. 어떤 부분은 못내 아쉽고 어떤 부분은 괜히 열없기도 했지만, 나를 넘어뜨리고 깨부술 만큼 뜨거운 마음으로 쓴 것이니 그대로 두고 나는 또 다른 처음으로 돌아가야 했다. 하얀 눈밭에 발자국을 꼭꼭 남기는 것처럼, 빈 화면을 마주한 채 막막한 마음을 달래가며 다시 한 글자씩 써 내려가야 했다. 휘어지지도 갈라지지도 터지지도 않기를 매 순간 기도하면서, 그렇지만 한편으로는 얼마든지 그럴 수 있음을 받아들이면서.

이 글을 쓰는 계절은 다시 맞이한 겨울의 초입. 그해와 마찬가지로 원고를 쓰고 또 지우며 흘려보내려 한다. 책상에는 달항아리가 놓여 있다. 그때 나는 왜 달항아리가 필요했을까, 왜 하필 달항아리였을까. 지금 생각해 보면 곁에 둘 수 있는 넉넉하고 순한 위로가 필요했던 것 같다. 날이 맑은 보름에야 볼 수 있는 달이 아니라 손 뻗으면 닿을 수 있는 그런 달. 하루에도 몇 번이고 무너지는 마음을 보듬기에는, 보름마다 뜨는 둥근달은 너무 멀고 귀하니까. 직접 빚겠다는 건 욕심이었지만, 그 덕분에 나의 달을 가지게 됐다. 휘어지고 갈라지고 터질까 염려하는 마음은 괴로웠지만, 혹여 그렇게 된다 해도 나는 그저 사랑하는 마음으로 계속 해 나가면 된다는 것도 알게 됐다. 매끄럽고 완벽한 자태의 달항아리를 단숨에 샀다면 몰랐을 일이다.

깊은 밤 달을 바라보던 찬실의 눈을 빌려 내 앞에 놓인 달항아리를 바라본다. 동그랗고 다정하다. "우리가 믿고 싶은 거, 하고 싶은 거, 보고 싶은 거." 미처 끝맺지 않은 찬실의 말을 나는 마음대로 이어 끝을 맺는다.

"다 이루게 해 주시든가 아니면 말끔히 포기하게 해 주세요. 근데요, 포기할 땐 포기하더라도 실컷 휘어지고 갈라지고 터져본 뒤에 포기하게 해 주세요. 실컷 해 보려면 이번 생이 모자랄지도 모르지만요. 아멘."

글을 쓸 때마다 생각한다. 처음부터 몇 번이라도 다시 하는 사람이 될 수 있다면. 이것은 나의 기도. 이 글은 기도로 빚는 가만한 나의 달.

마음공부: 기댈 수 있어 다행이야

내 마음을 솔직하게 털어놓을 때면
꾸깃꾸깃한 마음을 맑은 햇볕 아래
잘 펴서 말리는 듯한 기분이 들었다.

이 글을 쓰기에 앞서 이걸 과연 취미라고 할 수 있는지 거듭 고민했다. 노트북 화면 오른쪽에는 커서가 깜빡이는 빈 종이를, 왼쪽에는 국어사전을 띄워 놓고 '취미'와 '마음공부'의 뜻을 검색해 본다. 표준국어대사전의 뜻풀이는 다음과 같다.

취미 [명사] 전문적으로 하는 것이 아니라 즐기기 위하여 하는 일

마음공부 [명사] 정신적으로 수양을 쌓는 일

나는 소리 내어 뜻풀이를 읽어 본다. 마음공부가 취미라는 말이 틀린 건 아닌데 싶으면서도, 두 단어의 상반된 분위기라든가 무게가 묘해 고개를 갸웃하게 된다. "취미가 뭐예요?"라고 묻는 상대에게 "마음공부예요"라고 답한다면 "아, 그렇군요"하고 선뜻 머리를 끄덕일 이는 몇 없을 테니까. 아마 몇 초간의 정적이 이어진 뒤 "마음공부가 어떤 건데요?"라는 질문을 다시 받을 확률이 높겠지.

사전을 참고해 마음공부가 취미라는 말을 풀어 보자면 "정신적으로 수양을 쌓는 일을 즐겁게 하고 있습니다" 정도가 될 것 같은데, 그건 너무 어마어마하게 느껴진다. 정신적 수양이라 하면 무릇 엄숙하고 고되어야 할 것 같아서다. 거대한 폭포 아래 가부좌를 틀고 앉아 정수리에 수직으로 내리꽂히는 거센 물줄기를 견딘다거나, 이글이글 타오르는 불길 위를 맨발로 뛰어다니며 극한의 고통을 이겨 내는 도인의 이미지가 떠오른다. 물론 이런 건 수양 중에서도 난이도 최상이겠지만 말이다.

아무튼 내가 하는 마음공부는 '수양'보다는 '응원'이라는 말이 훨씬 잘 어울리는 것 같다. '나를 향한 응원을 기쁘게 쌓는 일'이라고나 할까. 본격적인 이야기를 시작하기도 전에 말이 길었다. 그럼 "취미는 마음공부, 그러니까 나를 위한 응원을 차곡차곡 모아 두는 겁니다"하고 한번 써 보기로 한다.

우리는 살면서 크고 작은 어려움을 만나게 된다. 어떤 어려움은 멀쩡히 갈 길 가던 내 발을 걸어 다짜고짜 나를 넘어뜨린다. 억울해할 겨를도 없이 황망하게 엎어져 있는데, 어딘가에서 날아온 강편치까지 한 대 맞으면 눈물이 철철 흐른다. 평소에 잘 걷던 길을 갑자기 한 걸음도 못 걷게 됐을 때의 내 심정이 그랬다. 혼자선 옷도 잘 입지 못할 정도로 온몸에 심한 경련이 왔고 단 10분도 깊게 잠들지 못할 정도로 불안했다. 대체 나한테 무슨 일이 일어난 건가 싶었다. 깊고 깊은 늪에 빠진 기분이었다. 헤어나려고 몸부림칠수록 오히려 더 깊이 잠기고 마는 무서운 늪. 그렇지만 언젠가 들은 대로 정말로 내 사주에 인복이 많은 건지 생각지도 못한 이에게 모임을 소개받았다. 같은 선생님에게 상담을 받는, 말 몇 마디 제대로 나눠본 적 없던 사람이었다. 그는 별다른 설명 없이 "도움이 될 거예요"라고 말했다. 정작 소개해 준 본인은 안 간다는 게 의아했지만 잃을 것도 없다 싶어서 한번

가 보기로 했다.

모임에 간 첫날, 문을 여니 대략 사십 명쯤 되는 사람들로 공간이 북적북적했다. 삶의 무게가 버거운 사람들이 이렇게나 많은가 싶어 뜨악하면서도 한편으론 안도감이 들었다. 다니던 회사의 부도로 하루아침에 실업자가 되었을 때의 기억이 떠올랐다. 열패감에 젖어 실업 급여를 신청하러 갔다가 바글거리는 사람들을 보며 위로 아닌 위로를 받았을 때와 비슷한 기분이었다. 반갑진 않지만 익숙한 그 기분을 곱씹으며 나는 문 옆 벽에 멀거니 붙어 서서 모임이 진행되는 과정을 지켜봤다. 차례가 되면 한 명씩 앞으로 나가 힘든 마음을 토로하는 방식이었다. 누군가는 말 한마디 꺼내기 어려운지 가슴을 치며 꺽꺽 울었고, 다른 누군가는 제 분에 겨워 빽빽 고함을 치며 욕을 했다. 생판 모르는 사람들 앞에서 나의 밑바닥을 드러내며 울고 짜고 할 생각은 전혀 없었기에, 문을 살짝 열고 조용히 빠져나왔다. 장차 이 모임의 고인물이 될 줄은 꿈에도 모르고.

나와는 좀 안 맞는 모임이라고 생각했으면서도, 다시 모임을 찾게 된 이유는 모임의 기본 수칙이 마음에 들었기 때문이다(실은 마음에 든 정도가 아니라 완전 좋았다).

"모든 생각과 감정은 존중받아야 한다."

이 말은 어느 하나 잘못된 생각과 감정이 없다는 뜻이었다. 나를 갉아먹는 생각, 하루를 좀먹는 울적한 기분도 모임 안에서는 그저 자연스러운 것일 뿐, 뜯어고치거나 없애 버려야 할 적이 아니었다. 늪에서 빠져나오기 위해 그동안 나는 수많은 사람을 찾아갔다. 어떤 의사는 머릿속이 복잡해질 때마다 약을 먹어야 한다고 했다. 좀 괜찮아진 것 같더라도 섣불리 약을 끊으면 안 된다고 강조하면서. 어떤 상담사는 긍정적인 말을 수백 번 반복하다 보면 우울한 느낌이 사라질 거라고 했다. "그래도 안 되면요?"라고 묻는 내게 그는 "더 많이 반복하면 됩니다"라고 답하며 확신에 찬 눈빛으로 나를 보았다. 그들에게 나는 어딘가 고장 나 고쳐야 할 대상이었지만, 모임 안에서 나는 그저 한 사람일 뿐이었다. 생각과 감정을 가진 보통의 사람. 나는 그 말에 기대 나를 무겁게 누르던 것들을 하나씩 꺼내 놓을 수 있었다. 화내고 소리 지르고 데굴데굴 굴렀다.

물론 처음부터 마음 밑바닥을 여실히 내보일 수 있었던

건 아니다. 모임에 나간 후 얼마간은 개인사를 남들 앞에서 굳이 꺼내지 않았다. 시시콜콜 이야기하면 좋을 것도 어물쩍 넘겼다. 이상한 사람으로 비칠까 겁이 났다. 그렇지만 사람들이 마음속 깊이 감춰 둔 고민을 어렵게 꺼내는 모습을 보며, 점차 나도 편안하게 내 생각과 감정을 마주할 수 있게 됐다. 생각과 감정은 몇 겹으로 꽁꽁 싸매고 깊숙이 묻어 둔다고 해서 저절로 사라지는 게 아니니까. 내 마음을 솔직하게 털어놓을 때면 꾸깃꾸깃한 마음을 맑은 햇볕 아래 잘 널어 말리는 듯한 기분이 들었다. 때로는 감정이 북받쳐 올라 왈칵 눈물을 쏟기도 했는데, 남들 앞에서 그런 모습을 보이는 일이 더는 창피하지 않았다.

모임이 오로지 속내를 털어놓기 위한 자리는 아니다. 정해진 프로그램에 따라 마음을 들여다보고, 나를 불편하게 하는 생각과 감정을 흘려보내는 데 목적이 있다. 그렇지만 일단 많은 이들 앞에서 터놓고 이야기하는 행위 자체가 내 마음을 담담하게 바라볼 수 있는 큰 힘이 되어 주었다. 상처를 치유하려면, 우선 피하지 않고 들여다보는 용기가 필요한 법이니까.

미심쩍은 마음으로 모임을 찾았던 때가 2016년. 꾸준히 모임에 나가면서 내 안에 단단히 뿌리내리고 있던 우울감의 원인도 찾게 됐다. 나에게는 툭하면 나를 비난하는 습관이 있었다. 그게 못내 아프고 싫으면서도 쉽게 고쳐지지 않았다. 작은 실수도 용납되지 않는 환경에서 자라다 보니, 무슨 일을 하든 잘할 수 있다는 자신감으로 임하기보다는 혹시 일이 잘못될까 걱정하느라 시작하기도 전에 가슴이 쿵쿵 뛰었다. 나는 실패하지 않기 위해 죽을힘을 다했지만 세상일이 뜻한 대로만 될 리 없었다. 실패를 맞닥뜨릴 때면 어김없이 나는 비난의 화살표를 꺼내 들었다.

　화살표가 가리키는 방향은 언제나 나를 향했다. 내가 못나서, 내가 나약해서, 내가 어리석어서……. 실패한 것만으로도 몹시 아프고 힘든데, 나는 나를 탓하며 화살표로 나의 가장 여린 부분을 콕콕 찔러 댔다. 그토록 나를 괴롭힌 결과가 이상 증상으로 나타났을 때도, 나는 그간 내 자신을 괴롭힌 것에 대해 미안해하긴커녕 남들은 멀쩡한데 혼자만 유난이라며 나를 더 못살게 굴었다. 병원에 가고 상담을 받으면서도 나처럼 약해 빠진 인간은 벌받는 게 마땅하다는 마음도 있었다. 그렇지만 모임에 나가면서 알게 됐다. 누구나 때로는 세상과 동떨어진 것 같은 깊은 외로움을 느끼고, 자신의 존재가 쓸모를 다한 채 방치된 기계처럼 여겨지기도 한다는 걸.

모임에서 인상 깊었던 장면 중 하나는 30년 경력의 선생님이 개학을 앞두고 눈물을 흘리는 모습이었다. 경력이 오래되니 맡은 업무도 보는 눈도 많은데, 잘해야 한다는 생각에 도리어 자꾸 실수하게 되니 겁난다고 했다. 소위 말하는 전문직에 종사하는 어떤 이도 "일할 때마다 손이 떨려요"라며 답답한 심정을 토로했는데, 그들의 이야기를 들으며 큰 위로를 받았다. 누구에게나 그런 마음이 있었다. 나만 못나고 바보 같아서 두렵고 떨리는 게 아니라는 인식은 습관처럼 꺼내 들던 화살표의 뾰족한 끝을 뭉툭하게 다듬어 주었다. 남들에겐 살다 보면 그럴 수 있다고 위로의 말을 잘도 건네면서 나에게만 화살표를 겨누는 건 비겁한 일이니까 말이다. 무시로 찾아오는 두려움과 절망감, 때때로 나를 뒤흔드는 증오와 삶의 허무 앞에 무릎 꿇게 되더라도 괜찮았다. 괜찮은 거였다.

마음에 관한 이야기책 『쥐지 않고 쥐는 법』도 썼다(달항아리를 만들며 쓴 바로 그 책이다). 모임을 만든 교수님의 제안이 있었는데, 당장 내 마음도 어쩌지 못하면서 마음에 관한 책을 쓴다는 게 언감생심이라 몇 번이나 손을 내젓다가 겨우 시작했다. 과거의 나와 비슷한 상황에 놓인 사람들에게 조금의 도움이라도 될 수 있기를 바랐기 때문이다. 하지만 이놈의 '마음'을 주제로 글을 쓰려니 역시나 만만치가 않았다. 눈에 보이지도 않고 손에 잡히지도 않으니 어떻게 설명할까 고민하느라 애를 먹었다. 탁구공을 손바닥 위에 올려 보기도 하고, 얼음을 쥐었다 폈다 해 보기도 했다. 내가 아는 모든 것을 다 쏟아부었지만 출간 후에도 충분한 설명이 되었는지 궁금하고 미심쩍었다. 감사하게도 책을 읽고 모임에 오는 분들이 더러 있었는데, 그분들에게 도움이 되었다는 인사를 받으면 한시름 놓은 것 같았다(독자들이 보는 앞에서 화내고 소리 지르는 건 좀 민망했지만).

처음엔 나를 짓누르는 마음의 무게를 견딜 수 없어서 모임을 찾았지만, 이제는 모임에 갈 때마다 편안하고 즐거운 기분이 든다. 고된 하루를 마치고 집으로 돌아와 푹신한 소파에 몸을 누이는 기분이랄까. 한 달에 두어 번씩 만나 인연을 이어 온 사람들은 나이에 상관없이 가까운 친구처럼 느껴진다. 각자 지나온 삶의 궤적과 내밀한 어려움을 속속들이 아는 사이라고 생각해 보라. 눈물을 터트리는 서로의 얼굴도 숱하게 봐 왔고 말이다. 어떤 모임이건 시간이 지나면 친밀감이 쌓이고 유대감이 깊어지지만 이 모임은 이루 말할 수 없을 정도로 끈끈하다. 꽤 힘든 시기를 지나고 있을 때의 예전 모습이 어땠다며 놀릴 수 있을 정도로.

요즘 나는 '푸바오앓이' 중이다(푸바오가 중국으로 떠나고 나서야 뒤늦게 매력을 알아 버렸다, 거참). '강 할부지(강철원 사육사)'에게 몸을 폭 기대는 영상 속 푸바오를 보고 있자면, 사람이든 동물이든 살아가며 마음을 기댈 곳은 꼭 필요하다는 생각이 든다. 기댈 곳을 찾게 된 존재들은 얼마나 다행인가 싶기도 하고. 이 삶을 한번 잘 살아 보려 애쓰는 이들이 모인 곳엔 서로를 향한 응원과 위로, 애정만이 가득하다. 살아가는 일이 힘에 부칠 때마다 쪼르르 달려가 기댈 곳이 있다는 생각만으로도 속이 든든해진다. 따끈한 밥 한 공기 그득 먹은 것처럼.

여차하면 기대려는 마음으로 살고 있다. 이런 마음을 갖고 살 수 있다니 복되고 복되다 고마워하면서.

식물: 시들지 마시오

잎 하나 더 났을 뿐인데도, 어제보다 조금 더
푸른빛이 짙어졌을 뿐인데도 힘껏 손뼉 쳐 주고 싶은 마음.
무언가를 아끼고 사랑하는 마음이 너무나 오랜만이었다.

점심시간이었다. 자주 들르는 사무실 근처 식당에서 메
밀 소바 한 그릇을 앞에 놓고는 먹는 둥 마는 둥 하는데, 주
인아주머니가 작은 화분 하나를 들고 다가와 말을 붙였다.
"애 너무 귀엽죠. 원래 쟤한테 달려 있던 걸 떼서 심은 건데
잘 자라요." 아주머니는 눈짓으로 가게 한쪽에 놓인 좀 더
큰 화분을 가리켰다. 반질반질 윤이 나는 잎사귀를 바라보
는 아주머니의 눈꼬리가 예쁘게 접혔다. "정말 귀엽네요."
내 대답에 신이 난 아주머니는 또 다른 화분도 소개해 줬다.
"옆에 애는 길 건너 미용실에서 얻어온 건데, 거기서는 도통

안 크다가 여기선 엄청나게 잘 커요." 그러고 보니 눈 닿는 곳곳마다 화분이 놓여 있었다. 그동안 식당 안을 한번 둘러볼 마음의 여유가 없어서 그랬는지 그렇게 많은 식물이 자라고 있는 줄은 몰랐다.

점심시간이 다 가도록 식물들을 물끄러미 바라보다 식당을 나왔다. 포장한 오니기리가 든 비닐봉지를 한쪽 손목에 끼고 사무실 쪽으로 걸었다. 한 발짝 내디딜 때마다 봉지가 덜렁덜렁 가볍게 흔들렸다. 점심 이후 팀장님에게 면담을 요청해 둔 참이었다. 뭐라고 말을 꺼내야 하나, 그만두면 당장 뭘 먹고 사나, 오늘의 결정을 내일 후회하지 않을 자신이 있나. 최소 두 명이 꾸려야 하는 일을 혼자서 꾸역꾸역 해내다 보니 어느새 일 년이 넘어가고 있었고, 나는 지쳤다는 말을 되풀이하기에도 지쳐 있었다. 지쳤다는 말이 입안에서 닳아 너덜거렸다. 가슴을 쥐어짜는 듯한 통증이 몇 달째 이어지고 있었다. 머리카락이 쑥 빠진 자리에 오백 원 동전만 한 구멍이 생기나 싶더니, 시간이 갈수록 구멍이 점점 커졌다. 방바닥에 머리카락이 툭툭 떨어질 때마다 심장이 덜컥 내려앉는 것 같았다.

그날의 퇴근길, 버스 차창 밖으로 늘어선 가로수를 보다가 낮에 본 화초가 떠올랐다. "애, 쟤"라고 부르며 정성껏 기르는 모습이 예뻐 보였다. 초록이 싱그럽게 자라나고 있는 공간이 좋아 보였다. 그런 생활은 건강하고 힘 있어 보였다. 아주머니의 화초처럼 귀여워할 만한 무언가가 내게도 있는지 생각해 봤다. 바쁜 가운데도 잊지 않고 물을 주며 반짝반짝 길러내고 싶은 게 있나. 바라볼 때마다 생글생글 웃음이 날 만한 게 있나. 예뻐하는 마음에 자랑하지 않고는 못 배기는 게 있나. 아무리 생각해 봐도 마땅한 게 없었다. 종일 모니터만 보며 키보드를 두드려 대는 하루에 뭐 그리 귀여워할 게 있겠나 싶었다. 굳이 찾자면 모니터 아래에 놓아둔 피규어 정도려나. 나도 원래부터 이랬던 건 아니었는데, 어느새 정체 모를 적에게 귀여워하는 마음을 죄 빼앗겨 버린 것 같아 씁쓸했다.

그만두겠다는 내 말에 팀장님은 지친 것 같으니 휴가 좀 다녀오라고, 다녀와서 다시 이야기하자고 했다. 지금이 한창 힘들고 흔들릴 때라는 팀장님의 말에 나는 말없이 고개만 끄덕였다. 바쁜 생활이 내 삶의 귀여움을 앗아간 원인 같아 그만두려는 마음을 먹은 거지만, 그만두고 나서도 여전히 귀여워할 만한 구석이 없으면 어쩌나 싶어 동의하고 만 것이다. 생각에 잠겨 있다 바라본 차창 밖은 어느새 어두워져 있었다. 어둠을 바탕 삼아 언젠가 보았던 그림이 떠올랐다. 검게 칠한 바탕 위에 그려진 새빨간 장미 한 송이 아래에는 하얀색으로 큼지막하게 "시들지 마시오"라고 쓰여 있었다. 색채도 문구도 워낙 강렬해 시간이 한참이나 흘렀어도 잊을래야 잊을 수 없는 그림이었다. 그림을 봤을 때는 그 문구가 나를 향한 것이 될 줄 미처 몰랐지만, 나는 어느새 그 문구에 딱 걸맞은 사람이 되어 있었다. 손잡이를 잡고 이리 저리 흔들리며 물었다. "나는 이제 어떡하지?" 차창에 비친 내 얼굴은 입을 다문 채로 말이 없었다. 나는 손잡이를 꼭 붙잡았다.

며칠 뒤 맞은 주말이었다. 종종 들르는 카페로 가던 길, 하얀 종이 뭉치가 마당 가득 달린 카페 하나가 눈에 들어왔다. 멀리서 볼 땐 종이로 만든 장식인 줄 알았는데, 가까이 다가가 보니 종이 봉지를 씌운 포도였다. 카페 마당에 포도 수십 송이가 열을 맞춰 매달려 있었다. 핫초코를 주문하고 포도가 만든 그늘 아래 자리를 잡았다. 고개를 들면 하늘과 포도송이가 보였다. 서울 도심의 풍경이라 하기엔 사뭇 낯설었다. 카페 앞을 지나던 사람들도 신기했는지 문득 멈춰 서서 사진을 찍기도 하고 더러는 마당 안으로 들어왔다. 어떤 아주머니는 종이를 살짝 벌려 속을 들여다보기도 했다. 함께 걷던 이의 옆구리를 쿡쿡 찔러 걸음을 멈춰 세운 뒤 "나 포도나무 처음 봐!"하고 감탄하는 모습은 꽤나 귀여웠다.

　이제는 민간 우주여행도 가능해진 시대를 살고 있지만, 사람들은 포도나무 앞에서 발걸음을 멈추고 눈을 커다랗게 떴다. 달도 포도나무도 실제로 본 적 없긴 매한가지라 그런 걸까. 때마침 카페 주인이 잘 익은 포도 반 송이를 내왔다. "여기서 기른 건데 맛 좀 보세요." 별 기대 없이 맛본 포도는 뜻밖에도 무척 달콤했다. 입안에서 터지는 단맛이 기분 좋았다. 도시에서 포도를 기르는 일이 결코 쉽진 않을 텐데 어쩌다 여기서 포도를 기르기 시작한 걸까. 음식 냄새 가득한 좁은 식당도, 자그마한 카페 앞마당도 무언가 자라나기에 그리 좋은 환경은 아니었다. 그렇지만 그런 곳에서도 부지런히 키를 높이고 활짝 피어날 수 있다면, 그건 기르는 사람의 관심과 애정 덕분일 거였다. 내 생활이 시들시들하다면 물을 주고 가꿔야 하는 건 나였다. "나에게 물을 주자"라고 냅킨에 써 보았다. 바싹 메말라 있던 마음이 벌써 촉촉해지는 것 같았다.

　'나에게 물 주기' 프로젝트의 시작으로 나는 집 안에 하나둘 화분을 들이기 시작했다. 식당의 화초처럼, 카페의 포도처럼 애정을 주며 돌볼 만한 존재를 가까이 두고 싶었다. 흘긋 보고 지나치곤 하던 동네 꽃집 앞에 쪼그려 앉는 날이 늘었다. 볼일이 있어 들른 낯선 동네에서도 시간을 내 꽃집을 찾았다. "애는 이름이 뭐예요?", "햇볕을 많이 못 쬐어도 잘 자라요?" 그리 붙임성 좋은 성격도 아니면서 식물만 보면 홀린 듯이 들어가 이것저것 묻고는 화분 하나를 품에 안고 나왔다.

　중고마켓도 애용했다. 더는 식물을 못 키우게 된 집사들이 화분을 고이 품고 나와 나에게 몇 가지 당부를 했다. "물은 자주 주지 마시고요, 잎사귀가 축 처진다 싶으면 그때 주면 돼요", "흙 위에 올려 둔 돌은 다른 애한테 주지 말고 그대로 두세요", "꽃을 보려면 햇볕을 잘 쬐어 주세요." 멀어지는 내 뒷모습에 대고 "절대 죽이면 안 돼요!"하고 다시 한번 당부하는 사람도 있었고, 동그란 글씨로 주의 사항을 적어 놓은 포스트잇을 건네는 사람도 있었다. 화분을 안고 집으로 가는 길, 품에 전해 오는 무게에는 식물을 사랑하는 마음까지 듬뿍 실린 것 같았다(화분 놓은 자리를 궁금해하는 이에게는 사진을 보내 주었다).

내 삶에 초록이 점점 더해졌다. 가만히 식물을 바라보는 날이 늘었다. 얘는 이래서 예쁘고 쟤는 저래서 매력 있었다. 기세 좋게 새잎을 틔워 올리는 몬스테라, 집 안 가득 포근한 향기를 퍼뜨리는 천리향, 상큼한 연두색 새잎이 앙증맞은 떡갈나무, 작은 숲을 떠올리게 하는 아레카야자, 둥근 쟁반만큼 넓은 잎을 내 연잎이라는 오해를 받곤 하는 알로카시아, 친구가 선물해 준 스투키와 난(경연아, 고마워), 엄마가 택배로 보내 준 이름 모를 다육이들…….

아름다운 초록을 감상하려면 할 일이 많았다. 아침마다 창을 활짝 열어 실내에 맑은 공기를 들이고 흙의 메마름을 확인했다. 강한 햇빛이 들이치는 날에는 얇은 커튼을 드리워 빛을 조절해 주었다. 잎사귀가 시무룩해진다 싶으면 물을 주었다. 새로 난 잎에게, 어제보다 $1mm$ 더 자란 듯한 줄기에게 예쁘다, 귀엽다, 자주 말해 주었다. 이따금 보드라운 잎을 손으로 쓸어 보거나 단단한 줄기를 힘주어 만져 볼 때면

"아휴, 너희들 언제 이렇게 컸니"하는 감탄이 절로 나왔다. 고작 잎 하나 더 났을 뿐인데도, 어제보다 조금 더 푸른빛이 짙어졌을 뿐인데도 힘껏 손뼉 쳐 주고 싶은 마음. 무언가를 아끼고 사랑하는 마음이 너무나 오랜만이었다.

식물을 돌보는 일이 익숙해지면서 내 마음에도 힘이 붙었다. 바쁜 일상을 무기 삼아 내버려둔 것들이 그제야 눈에 들어왔다. 이제 더는 삭막해져만 가는 내 삶을 방치하고 싶지 않았다. 한때 더없이 좋아하고 아꼈던 것들, 일상을 알뜰하게 가꿔 주었던 것들을 되찾고 싶었다. 작은 것에 눈길을 주고 마음을 곧잘 뺏기던 때로 돌아가고 싶었다. 생기로운 화초처럼 싱싱함이 흘러넘쳐 "시들지 마시오"라는 문구가 더는 어울리지 않는 사람이 되고 싶었다. 나는 좋아하는 것들을 삶 속으로 기꺼이 초대하자고, 잃어버린 게 있다면 주워 오자고, 정성과 사랑으로 내 삶을 한번 잘 다독여 보자고 마음먹었다.

퇴근 후엔 산책을 하며 온종일 팽팽히 당겨져 있던 마음을 느긋하게 풀어 놓았다. 매일은 아니더라도 주말이면 요리를 해 예쁜 그릇에 담았다. 재미있어 보이는 영화가 개봉

하면 넷플릭스에 뜨기를 기다리는 대신 티켓을 예매했다. 사랑하고 싶은 순간들이 조금씩 늘어 갔다. 식물들도 쑥쑥 자라났다. 여린 잎이 뺨에 살짝 닿을 때면 식물들이 나에게 말을 거는 듯한 기분도 들었다.

"너 처음 봤을 때는 얼굴이 말이 아니었는데, 언제 이렇게 건강해졌니"하고.

글을 쓸 때면 노트북 너머로 옹기종기 모여 있는 식물들이 보인다. 죽이면 안 된다는 당부와 함께 안고 왔던 두 잎짜리 몬스테라는, 며칠 전 새잎이 쑤욱 고개를 내밀어 이제 당당한 여덟 장이 되었다. 한 달에 한 번 물 주는 것도 깜빡하는 집사를 은근히 채근하는 듯, 시무룩하게 고개를 숙인 녀석도 보인다(이 글을 다 쓰면 얼른 물을 줘야겠다).

어제는 길을 지나다 꽃집 앞에 놓인 귤나무를 보았다. 작은 키에 제법 탐스러운 귤이 가득 열려 있었다. 여기가 제주도도 아닌데 어떻게 이런 귤이 열리나 싶어 한참을 보았다. 척박한 가운데서도 제 나름으로 애쓰고 있을 거라 생각하니 기특한 마음도 들고.

식물로 치면 나는 어떤 모습일까. 싱그러움이 흘러넘치

진 않아도, 아직 달고 탐스러운 열매를 맺진 못했어도, 나의 어느 한 귀퉁이는 기운찬 초록일 거라 믿는다.

물 주는 걸 잊지 않는 사람이 되고 싶다. 너희들에게도, 나에게도.

배드민턴: 반갑다, 비누 방울!

라켓을 공중에 흔들 때마다 나의 비누 방울 시절이
동글동글 되살아났다. 영영 잃어버린 줄 알았던 시절이
다시 내 삶에 깃들기 시작했다.

　가끔 체육관으로 향하던 첫날을 되짚어 보곤 한다. 나를
둘러싼 모든 풍경이 부드러운 봄빛을 머금은 3월이었지만
나는 여전히 겨울 속에 머물러 있었다. 지난여름 고민 끝에
퇴사한 후, 그동안 미루고만 있던 원고를 끝내 보려는 마음
을 먹었다. 내 다짐은 사뭇 결연했지만 역시 계획은 계획일
뿐이었던가. 오전 열 시쯤 느지막이 일어나 아침 겸 점심을
겨우 챙겨 먹은 다음엔, 노트북을 펼쳐 놓고 깜빡 졸기 일쑤
였다. 날이 어둑해질 무렵이면 이러자고 퇴사했나 싶은 생
각에 기분이 착 가라앉았다. 온종일 집에만 있다 보니 체력

도 뚝 떨어졌다. 가벼운 스트레칭에도 숨이 찼고 툭하면 우울한 상념에 빠져들었다. 다음 책은 잘될까, 재취업은 어떡하나, 하루하루가 왜 이렇게 불안한가……. 노트북을 열고 커서가 깜빡이는 박자에 맞춰 걱정을 늘어놓다 보면, 키보드 위로 눈물방울이 후두둑 떨어졌다. 내 손가락 발가락 끝까지 물먹은 솜으로 빈틈없이 채워진 것 같았다. 온몸이 축축 처졌다. 그런 상태에서 당연히 좋은 글을 쓸 수 있을 리가 없었다.

울적한 생각은 점점 힘이 세지더니 나를 이리저리 끌고 다녔다. 하루에도 몇 번씩 내핵으로 곤두박질칠 것 같다가도 대기권을 뚫을 기세로 불쑥 화가 치솟았다. 멈추지 않는 롤러코스터에 타고 있는 기분이었다. 달리는 속도가 너무 빨라 혼자 힘으로는 도저히 멈출 수 없었다. 뭔가가 필요했다.

내가 떠올린 답은 사람과의 교류였다. 일단 출근을 하면 좋든 싫든 매일같이 사람들과 부대끼면서 휘발되거나 해소되는 감정이 있었다(물론 더해지는 불순물도 많았지만). 퇴사 후엔 여간해서 사람 만날 일이 없다 보니 감정에 더 쉽게 휘둘리는 것 같았다. 잠시라도 나갈 만한 모임을 하나 찾아봐야겠다고 생각했다. 하지만 낯선 사람들 속에 섞여 앉은 내 모습을 잠깐 그려 보는 것만으로도 피로가 몰려왔다. 자리에 어울릴 법한 말을 고르고 골라, 적당한 타이밍에 적절하게 던지기 위해 홀로 땀흘릴 미래가 눈에 선했다. 겨우 꺼낸 몇 마디 말이 무리와 섞이지 못하고 빙빙 겉도는 걸 지켜볼 자신도 없었다. 사람을 만나되 말을 하지 않는 방법은 없을까……. 이건 마치 고픈 배를 움켜쥐고 식당에 들어가긴 하지만, 주문을 하지 않고도 포만감을 느낄 방법을 찾는 꼴이었다. 내가 생각해도 몹시 이상했지만 고민 끝에 답을 찾아냈다. 서로 말을 섞을 겨를이 없을 정도로 몸이 바쁜 모임이라면? 유레카! 나는 모임 앱을 켜고 '액티비티'를 클릭했다. 산책(대화를 나누기에 최적의 조건이라 탈락), 등산(대화는 기본이고 헉헉대는 숨소리와 무방비로 쏟아지는 땀방울까지 공유해야 해서 탈락), 볼링(승리욕에 불타다 보면 자칫 값싼 동지애를 느낄 수 있어 탈락), 클라이밍(글을 쓰려면 열 손가락 소중히 지켜야 하기에 탈락)……. 과연 나갈 수 있는 모임이 있기나 한가 싶을 때 배드민턴을 발견했다. 마침 몇 년 전에 선물로 받은 라켓도 있었다. 무엇보다 서로의 거리가 적어도 라켓 길이만큼은 떨어져 있다는 게 맘에 들었다.

며칠 뒤 일요일 아침, 마땅한 옷이 없어 집에서 늘 입는 추리닝 차림으로 버스를 탔다. 체육관은 버스를 세 번이나 갈아타야 할 정도로 멀었는데도 늦을까 봐 서둘렀더니 40분이나 일찍 도착했다. 나는 입구에 앉아 사람들을 기다렸다. 그날따라 입김을 호호 불어야 할 정도로 추웠다. 막상 낯선 사람들과 배드민턴을 칠 생각을 하니 집으로 돌아가고 싶기도 했다. 앞으로 이 모임에 몇 번이나 나오게 될까 생각해 봤다. 많아야 서너 번일 것 같았다. 그렇지만 웬걸, 한 달이 지나고 반년이 지나나 싶더니 어느새 2년을 바라보고 있다.

처음 몇 번이야 어찌어찌 나갔다 쳐도, 계속해서 나갈 수 있었던 이유는 뭘까. 내 안에 잠재되어 있던 천재적인 배드민턴 실력? 빠지기엔 섭섭할 정도로 후끈한 모임 분위기? 모임에 꾸준히 나갔던 이유는 싱겁게도 미안함이었다. 배드민턴은 최소 두 명이 있어야 허공에 라켓이라도 흔들어 볼 수 있고, 네 명이 있어야 코트에서 복식 경기를 할 수 있는데 나오는 사람이 거의 없었다. 모임이 생긴 지 얼마 되지 않은 데다 일요일 아침 일찍 일어나 체육관으로 향하는 게 결코 쉬운 일은 아니니까. 나를 포함해 최대 네 명이 모이는 날이 대부분이었고, 때로는 참가 인원이 한 명뿐이라 취소되는 경우도 더러 있었다("여러분, 안 오시나요 ㅠㅠ" 그의 눈물 어린 메시지란). 사람이 없어 애를 먹는 사정이 빤하다 보니 빠지기에 미안했다. 일명 '의리 민턴'이라고나 할까.

다행히 시간이 지나 멤버들이 하나둘 늘면서 배드민턴에 본격적으로 재미가 붙었다. 네트 위로 셔틀콕을 주고받을 때마다 통—하고 울리는 경쾌한 소리가 듣기 좋았다. 같은 팀 둘이서 호흡을 맞추는 재미는 또 어떻고. 오전에 실컷 친 뒤에도 아쉬워 저녁에 다시 모이기도 했다. 명절 연휴(어느 추석날엔 새벽 여섯 시부터 저녁 여섯 시까지 쳤다)는 물론, 부처님 오신 날과 크리스마스에도 모이는 게 당연해졌다. 여름 여행을 가서도 희미한 가로등 불빛에 기대 밤늦게까지 라켓을 휘두르며 열을 올렸다. 그렇게 틈만 나면 치다 보니, 10분 남짓한 스트레칭에도 숨을 헉헉대던 나는 어디 갔나 싶게 체력이 좋아졌다. 서너 시간을 코트에서 뛸 수 있을 거라고 생각이나 했을까. 그리고…… 뜻밖의 선물이 나를 찾아왔다.

가끔 길을 걷다 우연히 비누 방울을 마주칠 때면, 나는 걸음을 멈추고 그 자리에 서서 비누 방울의 여정을 지켜봤다.

가볍게 떠올라 공중을 둥실둥실 배회하던 비누 방울은 얼마 못 가 금세 톡 터져 버리곤 했다. 비누 방울이 사라지고 나서도 나는 한동안 눈길을 거두지 못했는데, 마치 나를 이루고 있던 어떤 중요한 부분도 이렇게 끝난 것 같은 기분이 들었기 때문이다. 나를 안고 두둥실 떠올랐다가 작별 인사도 없이 사라져 버린 나의 한 시절이 그랬듯. 그런데 숨이 턱에 닿도록 코트를 누비다 보면 친구들과 함께 뒹굴던 꼬맹이로 돌아간 것만 같은 기분이 들었다. 울퉁불퉁한 골목 바닥에 분필로 선을 그어 땅따먹기를 하고, 주전자에 담긴 물로 모래밭에 코트를 그려 공을 주고받던 그때로.

배드민턴은 다시 만난 커다란 비누 방울 같았다. 라켓을 공중에 흔들 때마다 나의 비누 방울 시절이 동글동글 되살아났다. 모래 장난을 하다 고개를 들어 보면 어느새 연분홍과 보랏빛으로 물들어 가던 하늘, 귓가를 부드럽게 간질이던 바람, 흙먼지로 잔뜩 더러워진 손바닥, 몸속 어딘가에 웃음 버튼이라도 있는 것처럼 자꾸만 웃던 친구들. 영영 잃어버린 줄 알았던 시절이 다시 내 삶에 깃들기 시작했다.

배드민턴이 내게 안겨 준 선물이 하나 더 있다. 내가 좀 터프(?)해졌다는 거다. 지난여름에는 배드민턴을 (잘못된 자세로) 너무 열심히 치는 바람에 양쪽 엄지발톱이 다 빠져 버렸다. 꼼짝없이 쉬어도 모자랄 판에 더 열심히 쳤더니 하루에도 몇 번씩 피가 엉겨 붙은 반창고를 가는 게 일이었다. 오랜만에 만난 친구가 샌들 사이로 삐져나온 내 처참한 발톱을 보고 한마디 했다. "아니, 얘가 언제 이렇게 터프해졌지?"

그도 그럴 것이, 원래 나는 '신체발부수지부모 파'라고 공공연하게 주장하며 몸을 사리는 편이었다. 스키장 가자는 제안도 거절, 클라이밍 해 보자는 제안도 거절, 계곡에서 래프팅 하자는 제안도 거절했다. 조금만 위험하다 싶으면 단단한 등껍질 속으로 목을 쏙 집어넣는 거북이처럼 숨기 바빴고, 몸에 작은 생채기만 나도 야단법석을 떨어 댔다. 그랬던 '옥체 보존러'가 이젠 발톱 따위야 빠지든 말든 하고 있으니 나를 오래 봐온 친구로선 퍽 놀랄 수밖에.

게다가 레슨을 받느라 손목이 아파 요즘은 한의원까지 다니는 마당이다. 갈 때마다 한의사 선생님은 심각한 표정으로 배드민턴을 그만두라고 하시지만, 코치님의 호쾌한 한마디가 왠지 더 설득력 있게 들린다. 손목 통증을 호소하는 나에게 코치님은 이렇게 말했다. "아니, 배드민턴이 무슨 죄예요?" 아무렴요, 배드민턴이 무슨 죄가 있겠습니까. 저의 약한 손목이 죄일 뿐. 옥체 보존러 시절이여, 안녕.

이왕 터프해진 김에 모임장까지 맡게 됐다. 평소의 나라면 절대 안 한다고 손사래를 쳤을 텐데 말이다. 가능한 한 사람들과 말 안 하는 모임을 찾던 내 모습을 생각하면 웃음이 픽 나온다. 모임에서 누구보다 말을 많이 하는 사람이 바로 나니까.

매주 수요일 아침이면 회원들이 모여 있는 오픈 채팅방에다 다가오는 일요일에 열리는 모임 소식을 전한다. 일요일 아침엔 체육관에 나온 회원들을 살갑게 반기며 한 주간의 안부를 묻는다. 아직 모임이 어색한 신입 회원에게는 한마디라도 더 붙이고, 몇 달 만에 나온 이는 평소보다 한껏 더 반겨 주는 것도 내 몫이다. 행사가 있는 날에는 마이크까지 들고 돌아다니며 안내 사항을 전한다. 스물다섯 명 남짓한 모임이지만 새로운 왕조를 이끌기라도 하는 양 막중한 부담감을 안고 있다. 고만고만한 초보들이 모인 모임이라 실력으로 겨루자면 우리를 훨씬 앞서는 모임이 많다. 하지만 돈

독한 분위기만큼은 우리도 빠지지 않는다고 자부한다. 일요일 아침이 기다려지는 모임을 만들어 보자는 게 내 목표니까. 물론 나 혼자 왕조를 이끌 순 없는 법. 나를 포함해 총 세 명의 운영진(운영비를 조금이라도 아껴 보려고 틈만 나면 엑셀을 돌리는 시원 님, 무슨 행사든 온갖 경우의 수를 다 준비해 놓는 '확신의 J' 지웅 님)이 뭉쳐 애정으로 모임을 꾸려 가고 있다.

봄, 가을에는 리그전 '도토리 키 재기'를 열고, 더위가 슬그머니 물러가는 여름의 끝 무렵이면 1박 2일로 MT를 떠난다. 프로그램을 짜기 위해 나는 여러 예능을 부지런히 돌려보며 게임 규칙을 익힌다(잠시 예능 피디가 된 기분이랄까).

후기는 별 다섯 개. "제주도에서 열린 회사 워크숍보다 우리 MT가 훨씬 더 재밌었어요!"라는 한 회원의 말을 옮겨 둔다.

TV로 운동 경기를 보는 맛도 배드민턴 덕분에 비로소 알게 됐다. 월드컵 경기도 보지 않고 일찌감치 잠들곤 했는데, 지난 항저우 아시안게임은 얼마나 재미있던지. 불과 2년 전이었다면 아시안게임이건 퍼시픽게임이건 그게 나와 무슨 상관이냐며 한창 중계 중인 채널을 돌려 버렸을 거다. 클리어, 헤어핀, 푸싱, 언더, 드라이브, 드롭…… 해설 위원의 설명에 연신 고개를 끄덕거리며 한 경기도 놓치지 않겠다는 각오로 배드민턴 경기를 챙겨 봤다. 꼼짝 않고 앉아 다리가 저리도록 우리나라 선수들을 응원하면서 경기와 동시에 열린 실시간 응원방에도 열심히 글을 남겼다. 내 응원이 닿았는지 한국 여자 배드민턴 대표팀은 29년 만에 중국을 꺾고 단체전 금메달을 땄다. 안세영 선수는 경기 중 무릎을 다쳐 절뚝거리면서도 마침내 우승을 거머쥐었다. 경기를 끝낸 후 포효하는 그녀의 모습을 뭉클하게 바라보며 나는 재빨리 검색창에 여섯 글자를 집어넣었다. 안세영 머리띠(안세영 선수는 경기 때 항상 헤어밴드를 착용한다). 실력을 흉내 낼 순 없으니 패션이라도 흉내 내고 싶은 배드민턴 꿈나무(아시안게임 공식 티셔츠는 신상이라 너무 비쌌다).

언젠가 라디오에서 이런 말을 들은 적 있다.

"재미의 세계가 넓으면 넓을수록 행복의 기회가 많아지며, 운명의 지배를 덜 당하게 된다."

인상 깊어서 얼른 메모해 두고 찾아보니 『나는 죽을 때까지 재미있게 살고 싶다』라는 책에서 소개한 철학자 러셀의 말이었다.

배드민턴을 치며 이 말에 백번 공감하고 있다. 그날 용기 내어 체육관을 찾지 않았다면 마포구, 서대문구, 은평구, 영등포구, 강서구, 금천구…… 서울의 여러 체육관을 돌아다니며, 때로는 일산까지 넘어가 새벽부터 코트에서 땀 흘리는 재미를 꿈에도 몰랐을 테니까. 리더 역할은 딱 질색이니 애초에 그런 건 하고 싶은 사람이 맡는 거라며 냉큼 구석 자리를 자처했을 거고.

배드민턴도 언젠가는 나의 비누 방울 시절이 되겠지만 아무래도 이 비누 방울은 좀처럼 쉽게 사라지지 않을 것 같다. 이들과 함께라면 몇 번이고 다시 불 마음이 있으니까. 관절 관리 잘해서 칠순까지 쳐 보자는 말을 모임 사람들과 농담처럼 주고받곤 하는데, 정말로 호호 할머니가 될 때까지 배드민턴을 칠 수 있다면 좋겠다. 그럼 앞으로도 잘 부탁드립니다. 우리 마이턴 회원님들.

요가: 그리고 지금 이 순간에게

왜 매 순간 최선을 다해야 한다며 나를 쥐어짰을까.
왜 그렇게 일분일초가 충만한 삶에 안달이 나 있었을까.
제대로 사는 삶이란 건 대체 뭘까.

연달아 세 시간씩 매일같이 요가를 하던 때가 있었다. 몸을 쉼 없이 빠르게 움직이면서 등이 다 젖도록 땀을 흘려야 겨우 성에 찼다. 한동안 나를 지켜보던 선생님은 나에게 요가 지도자 교육을 한번 받아 보라고 했다. 지도자는 무슨 지도자냐고 손사래를 치는 내게 선생님이 말했다. "지현 씨가 요가를 이렇게나 좋아하잖아요. 지도자 과정도 당연히 잘할 수 있을 거예요. 요가 강사도 잘 어울리는데." 선생님의 칭찬에 나는 내심 당황했다. ……내가 요가를 좋아한다고?

요가원을 다니게 된 건 순전히 건강 때문이었다. 여느 날과 다름없던 퇴근길, 버스에서 내려 집으로 걷는데 한쪽 무릎이 이상했다. 걸을 때마다 뻐근했고 찌릿찌릿 통증이 느껴질 때도 있었다. 처음 며칠은 그러려니 하고 넘겼는데 일주일이 지나도록 나을 기미가 보이지 않았다. 병원에 갔더니 운동 부족 때문이라고 했다. 운동을 하긴 해야겠는데 퇴근 후엔 꼼짝도 하기 싫었다. 집 앞에 있는 요가원이라면 이 어중간한 욕망을 채워줄 수 있을 거라 생각했다. 집으로 퇴근한 셈 치고 따끈한 수련실 바닥에 누워 있으면 운동하는 기분도 적당히 내면서 쉴 수 있을 테니까.

처음엔 무릎만 좀 괜찮아지면 좋겠다 싶었지만 시간이 지날수록 요가원으로 향하는 발걸음이 무거워졌다. 일단 시작했다 하면 덮어놓고 잘해 보려는 성격 탓이었다. 남들은 곧잘 하는데 나만 안 되면 속이 끓었고, 아무리 연습해도 진전이 없으면 은근히 부아가 났다. 이너피스에 요가가 좋다는데 나는 오히려 요가 때문에 더 어수선해지는 것 같기도 했다. 그렇다고 그만두기엔 아직 뭘 해 보지도 않은 것 같아 자존심이 상했다. 점점 의무감 비슷한 마음으로 요가를 하게 됐다. 가끔 요가를 빼먹고 멀뚱멀뚱 TV를 보거나 핸드폰을 만지작거리고 있으면 죄책감이 밀려왔다. '이럴 시간에 연습해야 하는데······', '오늘은 아쉬탕가 수업 있는 날인 데······.' 숙제를 안 한 것 같은 찝찝한 기분에 다음 날엔 더욱 격렬하게 몸을 움직였다. 요가를 대하는 내 마음이 어떤 줄도 모르면서.

지도자 과정을 권하는 선생님의 말을 듣고서야 나는 요가를 똑바로 바라봤다. 그동안 나에게 요가는 무엇이었나. 퇴근 후 곧장 집으로 가고 싶은 지친 몸을 이끌고 애써 해내던 일이었다. 나는 이렇게나 열심히 살고 있다고 자부하기 위한 의식이었다. 하루를 충실하게 살아 냈다는 마침표였다. 요가를 하는 것이 기쁘거나 즐겁지 않았다. 그저 부족하다는 느낌뿐이었다. 누군가를 가르칠 실력도 아니었지만, 무엇보다 이런 마음으로 가르치는 건 말도 안 된다고 생각했다.

그 무렵 오래 살던 동네를 떠나게 됐고, 나는 새집에 짐도 채 부리기 전에 가까운 요가원을 찾아 등록했다. 하지만 몇 년이 지나 또 한 번 이사를 하게 됐을 땐 그러지 않았다. 평소대로라면 제일 먼저 요가원부터 찾아봤겠지만, 의무처럼 여겨지는 요가는 인제 그만하고 싶었다. 그즈음 퇴사를 했기에 퇴근 후 요가원으로 무거운 걸음을 옮길 필요도 더는 없었다. 몇 달이 지났고 나는 언제 그렇게 요가를 했나 싶게 요가 없는 생활에 익숙해지고 있었다. 떠나오기 전 요가원에서 친해진 이가 선물로 준 책은 한번 펼쳐 보지도 않고 책장에 꽂아 둔 채였다.

유난히 맑았던 어느 날, 부러 낯선 길을 골라 걸으며 천천히 동네를 둘러보다가 요가원을 발견했다. 대문 앞에 세워둔 작은 입간판이 아니었다면 여느 가정집과 비슷해 보여 그냥 지나치기 쉬웠다. 반쯤 열려 있는 문틈 사이로 안을 기웃거리다 안으로 들어갔다. 마침 혼자 있던 선생님이 나를 맞아 주었다.

"요가 배운 적 있으세요?"

"5, 6년 정도 배웠는데요, 아직 물구나무도 잘 못 서서요. 여기서는 제대로 배울 수 있을까요?"

나도 모르게 '제대로'에 힘이 실렸다. 그간 나를 가르쳐준 선생님들의 실력이 부족하다는 뜻은 아니었다. 배운 기간에 비해 내 실력이 모자란다고 생각해 지레 그런 말이 나온 거였다. 내 실력에 자신이 있었다면 지도자 과정이라는 말 앞에서 움츠러들지 않았을 테니까.

선생님은 나를 잠시 바라보더니 "물구나무를 꼭 서야 하나요?"라고 물었다. "5년쯤 배웠으면 물구나무 정도는 설줄 알아야……." 나는 꺼낸 말을 채 맺지 못했다. 선생님이 말했다. "그동안 무얼 배웠든 돈과 시간, 정성이 들어간 건데 헛될 리가 있겠어요. 물구나무는 하나도 중요한 게 아니에요." 그제야 땀을 뚝뚝 흘리며 수련하던 내 모습이 떠올랐다. 수련 중 엄지발톱이 깨져 피가 흐른 적도 있었지만, 꾹 참고 이어나갔을 정도로 나는 요가에 열심이었고 진심이었다. 그렇게 마음을 쏟았으면서도 그건 제대로 된 게 아닐 거라고, 더 진지하게 배워야 한다고 무심결에 나를 다그치고 있었다니.

선생님은 나에게 무얼 기대하고 온 건진 모르겠지만, 기존의 경험과 자꾸 비교하기보다는 새로운 경험에 마음을 열어 보라고 했다. 시간이 괜찮으면 수업을 들어 봐도 좋다는 말에 한번 들어 보기로 했다. 지난날 내가 어떤 요가를 배웠든, 내가 들인 시간과 정성과 노력을 몸이 어떻게 기억하고 있든 간에 더는 과거에 연연하지 않기로 마음먹고서.

수련실로 쓰는 작은 방에는 요가 매트 서너 개가 깔려 있었다. 가정집을 개조한 곳이라 그런지 평소 다니던 요가원과는 사뭇 달랐다. 모습을 비춰 보며 자세를 교정할 수 있는 벽 거울도, 몸에 착 달라붙는 요가복을 입어 수련생들의 다이어트에 불을 붙이는 몸매 좋은 선생님도 없는 곳. 매트에 누워 천장을 바라보았다. 벽지에 밴 둥근 물 얼룩을 따라 옮겨가던 시선이 한쪽 벽에 난 커다란 창에 닿았다. 창 너머 감나무가 눈에 들어왔다. 가지 끝에 달린 감이 밝았다. 가을이구나. 꽃이 막 필 무렵 요가를 그만뒀으니 벌써 요가를 반년 가까이 쉰 셈이었다.

잠시 뒤 방으로 들어온 선생님이 수업을 시작하기에 앞서 무리하지 말라는 말을 했다. "오늘 몸 상태에 맞게, 할 수 있는 만큼만 편안하게 하세요." 다른 선생님들도 수업 전 으레 하는 말이었으니 여느 때처럼 나를 가뿐하게 비껴갈 거라고 생각했다. 하지만 너무 오랜만이어서 그랬을까. 시작한 지 10분도 채 지나지 않아 오른쪽 골반께에 송곳으로 찌르는 듯한 통증이 느껴졌다. 이렇다 할 동작은 들어가지도 않은 데다 그동안 요가를 하면서 한 번도 이런 적이 없었기에 당황했다. 어려운 동작도 별 무리 없이 척척 해내곤 했는데⋯⋯. 수업을 이대로 흘려버리기엔 안타까워 몸을 이리 저리 틀어 봤지만 결국 나는 한 시간 내내 매트 위에 반듯하게 누운 채로 꼼짝도 할 수 없었다. 좌우의 사람들이 수련하는 동안 감나무를 물끄러미 바라봤다. 그동안 전혀 무리가 아니라고 여겼던 동작들도 내 몸에는 큰 자극일 수 있었겠구나 싶었다. 오랜만의 요가가 무색하게 끝났다. 집으로 돌아와 헛헛한 마음에 책장을 훑어보다 선물 받은 책을 펼쳤다. 마치 내가 쓴 것 같은 글이 있었다.

문득 난 요가를 진심으로 즐기지 못하는 게 아닌가 하는 생각이 들었다. 누가 시켜서 한 일도 아닌데 잘해야 한다는 강박을 끌어안고 있었다. 시험 보는 수험생처럼 기초를 탄탄히 하고 연습을 게을리하지 않으며 매사에 진지하고 치열해지는 것이다. 물론 그것은 그것대로 좋다. 하지만 무리한 목표 탓에 현재 누릴 수 있는 즐거움마저 놓치고 있던 건 아닌지 의문이다. 요가가 주는 정신적 고양, 고요하고 단순한 세계, 자유로움, 가벼움, 넉넉함을 제대로 누리지 못했다. 그건 정말이지 손해 보는 짓이다. 즐기지 못하면 손해다.

이아림, 「이것으로 충분하다」, 『요가 매트만큼의 세계』

지금의 내 수준에 만족하기보다는 뭐든 더 잘, 더 열심히 해야 한다고 생각했다. 그래야 발전이 있을 테니까. 그렇지만 무엇을 위해서 그랬던 걸까. 왜 매 순간 최선을 다해야 한다며 나를 쥐어짰을까. 왜 그렇게 일분일초가 충만한 삶에 안달이 나 있었을까. 그토록 애태우며 좇았던, 제대로 사는 삶이란 건 대체 뭘까. 매 순간이 충만해야 한다며 애쓰다 결국 삶이 주는 좋은 것들을 다 놓치고만 있는 것 같은데. 나에게 삶은 대체 무엇이었나. 낮에 들은 선생님의 목소리가 나직하게 귓가를 맴돌았다. "할 수 있는 만큼만 편안하게 하세요." 나는 허공에 대고 물었다.

"정말 그래도 되는 걸까요."

다음 날 요가원을 다시 찾았다. "저, 여기서 배워 보려고요." 수업 시작 전까지 시간이 좀 남아 둥근 탁자를 사이에 두고 선생님과 마주 앉았다. 선생님이 시간을 내어 꾸준히 할 수 있겠는지 물었고, 마침 회사를 그만둬서 얼마간 시간이 있다고 답했다. 선생님이 다시 물었다.

"불안하진 않으세요?"

"정신없이 살면서 마모되는 기분을 견디기 힘들어서 요

가를 했던 것 같아요. 요가에 열중하고 있는 동안은 그런 기분을 안 느껴도 되니까요. 그치만 막상 이렇게 쉬게 되니 뭔가를 해야만 할 것 같아서 조급해져요. 왜 좀 더 버티지 못했는지, 남들처럼 무던하게 넘어갈 순 없었는지, 이 시간에 대해 스스로 납득할 만한 이유를 찾고 싶은 것도 같고요."

내 말을 듣고 있던 선생님이 가만히 말했다.

"시간이 찰나 같지만 사실 영원하다는 거, 알고 있잖아요."

나는 말없이 고개를 끄덕였다.

"그러니 시간을 칸칸으로 나눠서 이때는 뭘 하고 그때는 뭘 하고 머리로 계산하지 말고 마음을 열고 받아들여 보세요. 마음을 어떻게 열지, 라는 생각도 하지 말고요. 설령 쉬는 동안 아무것도 해 놓은 게 없어서 후회하게 되더라도, 그 후회는 나중에 가서 해도 되잖아요."

이야기를 나누는 내내 눈물이 날 것만 같아서, 나는 울지 않으려고 손가락 마디 하나하나를 힘주어 꾹꾹 눌렀다. 요가를 언제 시작하셨어요, 하는 나의 물음에 선생님은 이르지 않았다고, 그렇지만 요가를 만난 바로 그날 삶이 바뀌었다고 했다. 요가가 자기에게로 오는 중이었음을 단박에 알게 되었다고. 선생님은 주위를 휘 둘러보며 "이렇게까지 될 줄 어떻게 알았겠어요"하고 가볍게 웃었다. 선생님을 따라 시선을 준 곳엔 작은 찻잔과 접시, 몇 권의 책이 단정하게 놓여 있었다. 그제야 코끝에 은은한 향내가 맡아졌다. 선생님은 자리에서 일어나며 덧붙였다. "지금 이 시기가 좋은 시간이될 거예요. 쉬는 동안 귀중한 무엇을 발견할 수 있길 바랄게요."

나의 하루에 다시 요가를 위한 시간이 생겼다. 집에서 타박타박 20분 정도 걸어가서 대문을 열면, 마당 가운데 자리 잡은 나무에는 가지가 휘도록 커다랗고 붉은 감이 매달려 있었다. 매일 조금씩 더 붉어지는 것 같았다. 선생님은 감을 따서 탁자 가운데에 소복이 모아 두고는 오가는 수련생들에게 나눠주었다. 우리집 탁자에도 감 두 개가 놓였다. 가만히 두면 홍시가 된다는 말에 해가 잘 드는 곳에 놓아두고는 하루에도 몇 번씩 바라보았다. 투박했던 붉은빛이 날이 갈수록 맑아졌다. 분명 여름엔 푸르고 단단했을 텐데, 잎사귀의 초록을 나눠 가졌을 텐데, 언제 이렇게 말랑말랑 붉어졌을까. 감은 날마다 자기를 다그치며 몰아세웠을까. 더욱 붉어져야 한다고, 어제보다 좀 더 노력해야 한다고. 살며시 말을 걸어, 어떻게 그렇게 붉어졌냐고 물으면 "이렇게 될 줄 어떻게 알았겠어요"하고 가볍게 웃을 것만 같았다.

감이 붉어지고 계절이 익어가듯이, 나는 앞으로의 삶에 대한 고민을 잠시 내려두고 이 시기에 온전히 취할 수 있는 것들을 취해 보기로 했다. 삶은 칸칸의 구획이 아니라 물결처럼 이어지는 것이니, 선생님의 조언을 따라 마음을 활짝 열어 보기로. 부드럽게 내게로 밀려오는 과거와 미래, 그리고 지금 이 순간에게.

맑은 가을날, 잘 익은 홍시를 숟가락으로 살금살금 떠먹었다. 소중한 무언가가 내게도 오고 있는 중이었으면.

4부

로망 주머니의 가장 아래엔

뜨개: 부디 축복을 빌어 주세요

바늘과는 이어질 운명이 아닌 걸 일찌감치 깨달았으면서도
왜 아직도 뜨개를 떠나보내지 못하냐면……
뜨개는 아름답기 때문이다.

무용과 더불어 내 성적표에 오점을 남긴 또 하나의 과목
이 있었으니, 바로 가정이다. 가정 수업에서는 지단 부치기
나 바느질 같은 걸 배웠는데 그게 무용만큼이나 고역이었
다. 접시에 가지런히 담아 선생님께 보여야 하는 지단은 부
치면서 갈래갈래 찢어 먹는 바람에 어쩔 수 없었고(그래서 0
점), 특히 바느질은 대체 이걸 왜 하고 앉았나 싶게 지루했다.
시침질, 홈질, 박음질, 반박음질, 감침질, 공그르기, 새발뜨
기, 휘갑치기……. 아! 바느질이라는 광대한 우주에는 이름
도 외우기 힘든 수많은 행성이 있었고, 나에게는 수업 시간

마다 한 행성씩 정복해야 하는 막중한 임무가 있었다. 지휘관, 아니 선생님은 내가 바느질한 모양을 들여다보곤 무슨 여자애가 바느질을 이렇게 못 하냐며 최하점을 줬고(여자애와 바느질 사이에 대체 어떤 상관관계가 있는 건가요), 어느 틈에 나는 최하점을 점심시간마다 손에 드는 은색의 스텐 식판처럼 덤덤하게 받아들이게 됐다.

이상하게도 나는 분하지도, 슬프지도 않았다. 그건 어쩔 수 없는 일이었다. 고수라면 향조차 못 맡는 사람이 있듯, 나는 그저 바느질 옵션을 장착하지 않고 태어난 것일 뿐(바느질이 필요한 옷이나 양말은 그냥 버렸는데, 그런 행동 때문에 종종 부잣집 딸 내미라는 소리를 듣기도 했다).

바느질로 손가방을 만들어야 했을 때는, 차라리 모두 앞에서 얼굴이 벌게질지언정 무용이 낫겠다 싶을 만큼 괴로웠다. 과제 제출을 하루 앞둔 밤, 바느질을 하다 지친 나는 스테이플러로 천 안쪽을 가지런히 찍었다. 서른 개가 훨씬 넘는 주머니를 일일이 까뒤집기엔 귀찮았던 선생님이, 어쩌면 내 것은 허투루 볼 수도 있지 않을까 하는 얄팍한 기대가 깔려 있었지만 아니나다를까 0점을 받았다(놀랍게도 얼마 전에 스테이플러와 똑같이 생긴 미니 재봉틀을 발견했다. 천에 대고 꾹꾹 집어주기만 하면 바느질이 완성된단다. 시대를 좀 많이 앞서간 이의 운명이란!).

바늘을 사랑할 수 있는 사람은 정해져 있다. 나의 동생은 바늘을 사랑하는 사람, 바늘이 사랑하는 사람이다. 하루는 가정 실습 시간에 배웠다며 작은 손가방을 만들어 왔는데 어디서 산 건 줄 알았다. 한 땀 한 땀 "하기 싫어요"라는 메시지가 진하게 담겨 있는 삐뚤삐뚤한 내 바느질과는 달리, 고른 땀 크기로 촘촘한 박음질이 보기 좋았다. 보고 있으면 절로 흐뭇한 미소가 나올 정도로 반듯했다. 100점을 받았다는 그 가방은 엄마가 여기저기 잘 들고 다니셨던 기억이 난다.

동생은 나와는 달리 손끝이 야무졌다. 초등학생 때 스킬자수(일정한 길이로 자른 털실을 갈고리 모양의 바늘로 망사에 걸어서 수를 놓는 자수)가 유행한 적 있는데, 동생은 색실을 갈고리 끝에 걸고는 한자리에 가만히 앉아서 차근차근 수를 놓았다. 유행이라니까 나도 옆에 앉아 따라 해 보긴 했지만 몸이 근질근질 한 게 영 마뜩잖았다.

나도 뭐 처음부터 이랬던 건 아니다. 바늘을 사랑해 보려고 나름대로 노력했다. 중학생 때는 십자수를 해 본 적도 있다. 시작한 건 어떻게든 끝마쳐야 하는 성미라 소년 소녀가

머리를 맞대고 있는 도안 하나를 겨우 완성했지만 하는 내
내 피로하다는 생각만 들었다. 바늘과 실이 선사하는 기쁨을
알기엔 너무 어렸고, 욕심을 잔뜩 부린 바람에 색실만 오십
가지가 넘게 필요한 도안을 고른 게 문제였던 것 같다.

그랬던 내가 10년 뒤에 뜨개바늘과 실을 사게 되는 역사
적인 사건이 일어나는데, 대학 때 사귀던 남자친구 때문이
었다. 동생처럼 손이 야무졌던 남자친구는 크리스마스 선
물로 직접 뜬 목도리와 장갑을 나에게 건넸다. 취업 준비를
하는 틈틈이 목도리를 떴을 걸 생각하니 코끝이 시큰해졌
다. 감동한 나는 그에게 무얼 받고 싶은지 물었고, 남자친구
도 내가 직접 뜬 목도리를 받고 싶다고 했다(가로로 길쭉해졌
던 입 모양으로 미루어 보건대 처음엔 스웨터를 말하려는 것 같았지만, 순
간 딱딱하게 굳어 버린 내 표정을 살피고는 재빨리 목도리로 바꾼 듯했다).
그래, 목도리쯤이야. 한 가지 색이라면 나도 뜰 수 있을 것
같았다. 애당초 무늬를 넣겠다는 욕심은 없었으니까(남자친
구가 선물해 준 목도리에는 도톰한 꽈배기 무늬가 들어가 있었다).
나는 그길로 곧장 동네 시장에 있는 뜨개방으로 향했다.
고동색 알루미늄 새시로 된 미닫이문은 아래쪽에만 불투명

필름이 붙여져 있어 안이 훤히 들여다보였다. 아주머니 넷이 모여 앉아 고개를 숙인 채 양손을 바쁘게 움직이고 있었다. 아주머니들의 재빠른 손놀림이 신기했다. 온 힘을 다해 달리는 선수들의 경기 장면을 음소거 상태로 보는 것 같았달까. 눈앞의 장면에 소리를 입힌다면 '슝슝슝슝슝'이 어울릴 것 같다는 싱거운 생각을 하며 문 앞에 서 있었다. 문 여는 소리로 뜨개방 안의 고요를 깨고 싶지 않기도 했고, 아주머니들의 솜씨를 구경하며 상상한 소리를 덧입히는 게 은근히 재미있었다.

그렇게 한참을 서 있다 아주머니 한 분과 눈이 마주쳤고 나는 그제야 문을 열고 들어갔다. "아, 저 목도리……." 아주머니는 턱짓으로 한쪽 벽에 붙은 선반을 가리키며 실을 골라 보라고 했다. 나를 보고 있으면서도 아주머니의 손은 박자를 놓치지 않았다. 고민 끝에 실을 고르자, 아주머니는 그제야 바느질을 멈추고 옆으로 비켜 앉으며 내가 앉을 자리를 만들어 주었다. 아주머니는 대바늘에 코를 잡은 뒤 몇 번 시범을 보여 주었다. 날렵하고도 깔끔한 동작이었다. 내가 영 따라 하질 못하자 아주머니는 '2배 느리게' 모드로도 보여 주었는데, 아주머니의 손에서는 '슝슝슝슝슝'하던 바늘이 내 손으로 옮겨오면 '스스슷스스……'하고 앓는 소리를 내는 것만 같았다. 나는 아주머니들의 소리 없는 달리기를 지켜보며 뭉개다가 슬그머니 집으로 와 버렸다.

바늘과 실뭉치는 그날로 방치되어 집 안 여기저기를 굴러다니다 어느 순간 뿅 사라졌다. 행방이 궁금하진 않았다. 아마 바늘을 사랑하는 이에게로 떠난 걸 테니. 역시 나는 바늘과 함께할 운명이 아니었던 거다.

하지만 바늘 앞에서 운명 타령을 하는 나를 꾸짖는 이가 있으니 바로 뜨개계의 거장이자 뜨개계의 대모, 엘리자베스 짐머만이다. 그녀는 저서 『눈물 없는 뜨개』에서 이렇게 말한 바 있다.

당신은 식단을 짤 수 있는가? 머리를 묶어 올리는 일은? 타이핑을 하고, 문법에 맞게 문장을 쓰고, 카드를 섞을 수 있는가? 이 모든 일이 뜨개보다 어렵다. 그냥 뜨개가 싫으면서 왜 아닌 척을 하는지.

그렇지만 나에게는 식단을 짜고, 머리를 묶어 올리고, 타이핑을 하고, 문법에 맞게 문장을 쓰는 일보다 뜨개가 어렵다. 훨씬, 휘얼씬. 그냥 싫은 거였다면 왜 지금도 뜨개방을 기웃거리고, 서점에서 취미·실용 코너를 어슬렁거리겠는가. 내 책장에는 각종 뜨개 도안과 뜨개의 매력을 이야기한 책 몇 권이 얌전히 꽂혀 있다. 언젠가는 펼쳐볼 일이 있을 거라 기대하며 하나둘씩 사둔 것이다. 막상 펼쳐 보면 도무지 해독할 수 없는 뜻 모를 외계어를 마주한 기분이 들어 금세 덮게 되지만 말이다. 이건 결코 엄살이 아니다. 같은 책의 일부분을 옮겨 보자면 다음과 같다.

세틀랜드 실 100코는 16½인치(42㎝)인데, 1인치에 5코가 들어가는 쉽울은 100코가 20인치(50㎝)이기 때문이다. 그래서 마지막 세 단을 뜰 때는 겉뜨기 2개, K2*tog*를 해서 콧수를 25% 줄여 75코만 뜰 것이다.

그러니 부디 짐머만 할머니가 나의 고충을 너그럽게 헤아려 주시길 바란다.

바늘과는 이어질 운명이 아닌 걸 일찌감치 깨달았으면서도 왜 아직도 뜨개를 떠나보내지 못하냐면…… 뜨개는 아름답기 때문이다. 유리컵 아래에 자리한 앙증맞은 컵받침, 앞서 걷는 사람의 가방에 매달려 달랑거리는 인형, 투박하지만 정감 가는 모양새에 왠지 마음이 끌리는 장갑……. 뜨개로 만든 것에서 눈을 떼지 못하겠다. 바라보고 있으면 마음 한구석이 애틋해진달까.

내가 어릴 때 엄마는 집에서 틈틈이 뭔가를 만들었다. 손재주가 좋던 젊은 엄마는, 연년생 남매를 키우면서도 부지런히 손을 놀려 전화기 받침이나 각 티슈 케이스 같은 걸 만들었다. 전화기 받침은 맑은 빛을 머금은 보라색 바탕에 금색 구슬로 장식했고, 티슈 케이스는 까만 바탕에 빨강과 초록 구슬로 지그재그 모양을 수놓은 다음 금색 구슬로 콕콕 포인트를 주었다. 테두리에 달린 물방울 모양의 구슬은 손으로 가만히 쓸어볼 때마다 차그락차그락 하는 소리를 냈는데 그게 정말 듣기 좋았다. 오래전이지만 엄마의 작품을 이리도 자세하게 기억하는 건 손으로 만든 것이 풍기는 느낌때문이었다. 손으로 만들어진 것만이 선사하는 특별한 감각이 있다. 그건 아무리 어리다 해도 무심코 지나칠 수 없을 만큼 다정하고 따뜻해서, 자꾸만 손을 뻗어 만져 보고 싶었다. 차그락차그락.

내 눈에 유독 잘 띄는 건지는 모르겠지만 뜨개인은 주변 어디서나 볼 수 있다. 해가 잘 드는 카페 창가 쪽에 자리를 잡고 느긋하게 뜨개를 하는 사람(자세히 보면 마치 햇살과 털실을 함께 엮어 뜨는 것처럼 보이는데 어쩌면 사실일지도 모른다), 달리는 KTX에 질세라 바쁘게 뜨는 옆 좌석 사람, 흔들리는 버스 맨 뒷자리에 앉아 한쪽 얼굴과 어깨 사이에 핸드폰을 괴고 통화를 하면서도 용케 뜨는 사람. 나는 관심 없는 척 무심한 눈길을 가장하고 그들을 슬쩍슬쩍 바라본다. 손에 쥐인 바늘은 만화 속 요정의 요술봉처럼 경쾌하게 흔들리고, 동그란 실뭉치는 술술 풀려나가며 무엇이 되어간다. 늘 그랬듯이 나는 결국 마법이 피어나는 손끝에서 눈을 떼지 못한다(이쯤 되면 뜨개인들은 뚫어져라 자신을 바라보는 눈빛을 눈치챘을 테지만, 그들은 아랑곳 않고 묵묵히 의식을 이어 나간다). 뜨개인들은 바늘로 내 마음을 톡톡 두드리며 묻는 것만 같다. 당신도 뜨개의 마법을 익히 알고 있지 않느냐고. 나는 뜨개의 마법이 내게도 진즉에 닿았음을, 그래서 뜨개를 향한 마음을 멈출 수가 없다는 걸 인정한다.

그 마법은 가을이면 꺼내 보는 파란 스웨터 한 벌에 담겨 있다. 스웨터를 뜬 사람은 한 번도 만난 적 없지만, 만나게 된다면 단박에 알아볼 수 있을 정도로 친근한 얼굴을 하고 있다. 바로 열일곱 살의 엄마다. 여고생인 엄마는 푸른빛의 실을 골라 스웨터를 뜨기 시작하는데 자신이 10년 뒤에 딸을 낳게 될 거라는 건 까맣게 모른다. 그 딸이 어느 날 서랍 안쪽에서 스웨터를 발견하게 될 거라는 건 더더욱. 언젠가 《월간에세이》에 〈엄마의 스웨터〉라는 글을 실은 적 있는데, 그중 한 문장을 가져와 본다.

이 옷을 입을 때면 엄마의 유년 시절과 내 삶을 잇는, 세상 어느 것도 대신할 수 없는 독특한 감정이 전해진다.

그렇다. 뜨개는 시간과 마음을 담는다. 시간과 마음이 한데 모여 쫀쫀하게, 때로 느슨하게 엮인다. 스웨터를 입을 때마다 나는 언젠가 본 오래된 사진을 떠올린다. 사진 속 갈래머리 여자애는 아마도 청소 당번이었는지 빗자루를 들고 복도에 서서 함빡 웃고 있다. 그 애가 스웨터를 뜨는 장면을 그려 볼 때면, 나는 사진 속 얼굴처럼 씨익 웃다가도 어김없이 눈을 깜빡이게 된다(왠지 눈물이 날 것 같아서).

날이 부쩍 추워진 요즘, 뜨개를 향한 뭉근한 내 마음이 서서히 뜨거워지고 있다. 역시 뜨개인이 부린 마법 때문이다. K의 인스타그램에는 도톰한 털실로 뜬 포근한 것들이 잇따라 올라온다. "다시 돌아온 뜨개의 계절!"이라는 문장과 꼭 어울리는 장갑, 양말 같은 것을 보고 있으면 사시사철 수족냉증으로 고생하는 내 손과 발도 금세 따뜻해지는 것만 같다.

목도리 사진 아래에는 "직접 뜬 목도리를 하고 나갈 때면 온 세상 사람들이 나를 바라보는 기분에 젖는다"라고 적혀 있다. 내 목도리가 너무 예뻐서 거리의 사람들이 다 나를 보는 것 같다니 그 마음이 얼마나 귀엽나.

나도 한번은 그런 겨울을 보내 보고 싶다. 추운 날씨도 아무렇지 않게 만들어줄 것만 같은 아름다운 빛깔의 털실을 골라, 이르게 어두워진 밤하늘을 오히려 기뻐하며 늦은 밤까지 뜨개를 하다 잠드는 하루를 갖고 싶다. 마침내 완성된 양말을 신고 나가면 어떤 기분일까. 세상 사람들은 여전히 자기의 일에 바빠 다른 곳에 눈 둘 틈도 없겠지만 나의 눈길만은 온종일 발끝에 머무르겠지.

K의 인스타그램을 시작으로 뜨개인들의 솜씨를 구경하

다 보니, 해가 가기 전에 뭐 하나는 떠 보고 싶다는 마음이 낡은 스웨터 목처럼 쭈욱 늘어났다. 나는 동네 산책을 하다 눈여겨봐 둔 '바늘이야기'로 달려갔다(이곳은 회백색의 4층짜리 건물로 갤러리처럼 근사한 외관을 갖고 있다. 문을 열자마자 바닥부터 천장까지 꽉 들어차게 짜맞춘, 칸칸마다 실이 그라데이션으로 놓여 있는 멋진 진열장이 나를 압도한다. 좀 더 안으로 들어가면 예상대로 온갖 뜨개 용품이 아름답게 전시되어 있다. 알루미늄 새시 문을 드르륵 열던 그때와 사뭇 대비되는 풍경이 눈앞에 펼쳐진다. 거긴 뜨개방이 맞는데 여기는 뭐라고 불러야 할까. 뜨개 전문점? 뜨개 백화점? 뜨개 월드?).

욕심 같아서는 스웨터에 도전하고 싶었지만 양말 한 짝도 버거운 마당에 그럴 순 없었다. 그래, 일단 실부터 골라 보자. 실 코너를 서성이는 나를 보고 점원이 다가와 도안을 내밀었다. "손님, 이거 한번 해 보세요. 초등학생도 해요."

나는 점원의 상냥한 미소와 '왕왕왕초보용'이라는 말을 믿고 도안과 실과 바늘을 샀다. 유튜브 보고 10분이면 할 수 있다고 해서 링크까지 받아왔는데, 앞부분만 줄곧 반복 재생하다가 결국 30분도 지나지 않아 실과 바늘을 던져 버렸다(지금 이 글을 쓰고 있는 책상 아래엔 그때 산 바늘과 실뭉치가 굴러다니고 있다. 도안은…… 바늘을 사랑하는 이를 찾아 먼저 떠난 것 같다).

『눈물 없는 뜨개』에는 내가 읽으라고 써 둔 것 같은 대목이 하나 더 있다.

뜨개가 싫다면 굳이 할 필요는 없다(안타깝지만 축복이 함께하기를).

짐머만 할머니, 뜨개를 좋아하지만 못하는 저에게도 부디 축복을 빌어주세요. 저를 보세요. 뜨개가 너무 어려워서 이렇게 문장을 쓰고 있다니까요.

기타:모락모락 기타 내음

"지금 배우는 교본 있잖아요. 거기에 실린 곡들만
수려하게 칠 줄 안다면 더는 안 배워도 돼요.
지현 씨, 기타는 코드 짚는 게 전부가 아니에요."

기타는 나의 취미 역사상 '가장 많은 시작' 타이틀을 보유하고 있다. 잡았다 놓았다를 수없이 반복했다는 뜻이다. 기타 소리에 나를 꾀는 끈적한 뭔가가 발려 있는 것 같은데, 맥을 못 추고 피리 소리를 따라나서는 동화 속 쥐들처럼 기타 소리만 들었다 하면 괜스레 마음이 너울거렸다. 특히 비 내리는 여름날 오후나 긴긴 겨울밤처럼 기타 소리가 유난히 가깝게 들려오는 날에는, 내 손으로 이런 소리를 내보고 싶다는 열망이 어김없이 나를 휘감곤 했다. 그 열망은 친절하게도 나를 기타 학원 앞까지 데려다주었고, 정신을 차려 보면 어느새 나는 수강생이 되어 있었다. 하지만 기타 소리에 취한 마음이 오래 가진 못했다. 줄을 퉁길 때마다 손끝이 아파서 견딜 수 없었기 때문이다. 땡땡 부어오른 손끝을 주무르다 보면 앞으로 기타는 꿈도 안 꾸겠다는 다짐이 절로 일었다. 하지만 기타는 세상 여기저기에 있었다. 길을 걸을 때도, 공원 벤치에 앉아 쉴 때도 어디선가 나직한 기타 소리가 들려왔다. 때로는 열어 놓은 창문 사이로 기타 소리가 살며시 들어왔고 그럴 때면 벽에 기대어 놓은 먼지 쌓인 기타를 안아 보았다. 한 며칠 그러다 보면 나는 또다시 수강생이 되어 있곤 했다.

기타 소리에 맥없이 끌리게 된 원인은 아무래도 '그 사람'이라고 추정하고 있다. 엄마는 사나흘에 한 번꼴로 장을 봤는데 나는 엄마를 따라 시장 가는 걸 좋아했다. 작은 규모라 그다지 볼 것도 없고 매번 들르는 가게도 비슷했지만, 마성의 만둣집이 있었기 때문이다. 사람들이 가장 많이 오가는 통로를 면하고 있는 데다, 가게 안이 아니라 가게 앞에 조리대를 놓아 두고 만두를 빚고 찌고 파는 집이었다. 그 앞을 지날 때마다 커다란 찜기에서 피어오른 뜨거운 김이 얼굴을 혹 덮쳤다. 갓 쪄낸 만두 냄새를 맡으면 좀 전에 밥을 먹었는데도 이상하게 허기가 졌다. 그러니 마침 출출하다 싶을 때 만둣집 앞을 지나게 되면 걸음을 우뚝 멈출 수밖에 없었다. 따끈한 만두 냄새가 내 다리에 엉겨 붙어서는 도무지 떨어지질 않았다. 가히 초강력 접착제에 맞먹는 끈끈함이었다. 엄마도 피할 재간은 없는 것 같았다. 초강력 만두 냄새에 붙들린 우리는 홀린 듯이 만두를 하나씩 집었다. 엄마는 입안 가득 만두를 씹으면서 아버지와 동생 몫을 포장하는 것을 잊지 않았다. 엄마 혼자 장을 보고 돌아올 때도 한 손엔 언제나 만두가 그득 담긴 봉지가 들려 있었다.

엄마가 사 온 만두도 맛있었지만 나는 시장에서 사 먹는 편을 훨씬 더 좋아했다. 그 사람, 바로 만둣집 오빠가 있기 때문이었다. 오빠는 언제나 기타를 치고 있었다. 아, 물론 만두도 빚으면서. 밀가루가 허옇게 묻은 손가락으로 기타를 퉁기다가, 기타를 품에 안은 채로 만두를 빚는 둥 마는 둥 하다 다시 기타를 치는 식이었다. 조리대 한쪽에 차곡차곡 쌓여 있는 스텐 찜기에선 허연 김이 뿜어져 나왔고, 순간 눈앞이 뿌예진 나는 오빠의 기타 연주를 들으며 만두를 한 입 크게 베어 물었다. 지금이야 손님들 다 보는 데서 기타를 치다가 그 손으로 다시 만두를 빚고 그러는 걸 상상도 할 수 없다. 혹여라도 그랬다간 백종원 아저씨가 눈을 부릅뜨고는 "만두를 파는 거여, 음악을 파는 거여? 장사가 장난이여?" 하고 불호령을 내릴 게 뻔하니까.

하지만 그 시절엔 다들 오빠가 그러는 걸 뻔히 보면서도 만두를 덥석덥석 잘도 집어먹었다. 지금 생각해 보면 만두 피도 엄청나게 두꺼웠던 데다, 연주도 썩 시원찮았던 것 같은데(둘 다 제대로 안 되는 게 당연하다만). 아무튼 기타 소리를 배경 음악 삼아 만두를 몇 개씩 집어먹던 어린이는, 훗날 기타 소리와 만두를 좋아하는 어른이 되었다는 이야기다(그래서 피가 두꺼운 만두를 좋아하나).

이쯤에서 나의 기타 역사를 짚어 보자면, 앞에서 이야기한 대로 수능을 마치고 드럼을 배우러 갔다가 얼결에 기타를 잡은 게 처음이었다. 홍대 근처에 살 때는 "돈 벌어서 홍대 빵집이랑 기타 학원 먹여 살리느라 고생이 많다"라는 소리를 들어가며 기타 학원 몇 군데와 동아리를 전전하기도 했고(특히 동아리에선 기타를 퉁기는 시간보다 술잔을 부딪는 시간이 압도적으로 길었다. 기타 30분 치고 술 세 시간 마시고), 마포도서관에서 열리는 기타 교실에 다닌 적도 있다(그때 내 기타는 콜트 미니였는데 나이 지긋한 선생님이 손에 비해 기타가 작다고 웃어서 마음이 상해 관뒀다. 손발이 큰 편인데 그땐 유독 콤플렉스가 심했다). 어느 해에는 사직동에서 열리는 축제에 구경 갔다가, 초대 가수의 기타 연주에 홀딱 반해 꽤나 비쌌던 일대일 레슨을 반년가량 받기도 했다(그분이 돌연 제주로 떠나면서 레슨은 자동 종료되었다). 건대 근처에 살 때는 기타 교습소에 다녔는데, 이 시기야말로 내 인생에서 가장 열심히 기타를 쳤던 때다(선생님이 이 글을 읽는다면 "아니, 누가 들으면 정말 열심히 친 줄 알겠어요"라고 하실 것 같지만).

교습소에 다니기 전만 해도 다시 기타를 배우는 일은 없을 거라 생각했다. 진득하게 배우지 못하고 자꾸만 그만뒀다 돌아서면 아쉬워 다시 시작하는 내 모습이 (그게 뭐든) 끊겠다고 말하면서 좀처럼 끊지 못하는 중독자 같았달까. 그렇지만 기타를 다시 시작해야 할 이유가 생겨 버렸다. 꿈의 교습소가 눈앞에 나타난 거다. 언젠가 봤던 밴드 공연에서 기타 연주가 특히 인상 깊었다. 깜빡 잠이 들려 할 때 배 위에 이불을 덮어 주며 가만가만 도닥이는 손길 같은 느낌이었다. 바로 내가 갖고 싶었던 기타 소리였다. "다시 기타를 배운다면 내 선생님은 저 사람이다!"하는 마음으로 미래 선생님의 인스타그램을 팔로우하고 있었는데 몇 해가 흘러 그분이 교습소를 열었다는 소식을 접했다. 집에서 멀었다면 아쉬워하고 말았을 텐데 마침 나도 근처로 이사를 한 참이었다. 기타의 정령이 인자한 미소를 지으며 내 등을 가만히 밀어 주는 느낌이었다. "자, 좋은 선생님도, 집에서 가까운 교습소도 준비해 두었으니 너는 그저 가기만 하거라"하고.

그동안 수많은 시작을 거듭해 왔어도 나의 기타 실력은 줄곧 제자리였지만(정확히 말하자면 반복된 시작 때문에 기타 실력이 제자리인 듯했지만), 선생님을 고르는 눈만큼은 한층 업그레이드된 상태였다. 동아리 오빠에게도, 도서관 선생님에게도, 프로 기타리스트에게도 배워 보니 저절로 알 수 있었다. 잘 치는 사람과 잘 가르치는 사람은 달랐다. 잘 친다고 해서 잘 가르치지 않았고 잘 가르친다고 해서 잘 치지 않았다. '잘'의 기준은 저마다 다르겠지만 기대 반, 설렘 반으로 교습소에 발을 디민 첫날, 나는 단박에 알 수 있었다. 내 기타 역사의 마침표를 찍을 곳은 바로 여기라는 걸.

선생님은 차근차근 가르치는 사람이었다. 이미 다 아는

내용이라고 얘기해도, 선생님은 교재의 맨 첫 장부터 가르쳤고 그러느라 진도가 더뎠다. 미취학 아동부터 쓸 수 있게 만들었다는 교재의 안내대로, 책장을 후루루 넘겨 보면 손가락 연습을 위한 간단한 곡이 대부분이었다. 표지에 쓰여 있는 '초급편'이라는 글자도 마음에 들지 않았다. 선생님 같은 기타 소리를 갖고 싶어서 교습소를 찾은 거였는데, 이렇게 손가락만 더듬거리다간 언제쯤 연주하겠나 싶어 슬슬 마음이 급해졌다. 선생님이 연습하라는 곡은 하나같이 너무 쉬워 보였다. 그쯤은 즉석에서 바로 연주할 수 있을 거라 자신만만했던 나는 교재에 실린 곡 대신 연주하고 싶었던 몇 곡의 악보를 프린트해 연습했다. 물론 내 실력으로는 어림도 없는 수준급의 곡들이었지만, 더듬더듬 연주하다 보면 멋진 연주를 하게 될 날이 가까워진 것만 같았다.

하지만 꿈의 교습소를 만났다 한들 원하는 기타 소리를 단박에 뿅! 하고 가질 수 있는 건 아니었다. 레슨을 시작할 때마다 선생님은 지난 시간에 배운 부분을 연주해 보라고 했고, 나는 좀처럼 뜻대로 되지 않는 손가락에 당황하며 간신히 연주를 마치곤 했다. 기어들어 가는 목소리로 "다음 주엔 열심히 해 올게요"하고 어물거렸지만 연습하겠다는 마음을 먹는 건 고 순간뿐. 문을 나서면 내가 좋아하는 곡의 좋아하는 부분(=연주하기 쉬운 부분)만 띄엄띄엄 연습하다가, 코앞으로 다가온 레슨을 앞두고서야 급한 마음에 교재를 넘겨봤다. 아무리 훌륭한 선생님이라도 말 안 듣는 학생에게 뭘 가르칠 수 있단 말인가. 교재에도 떡하니 써 있었다. "모든 향상은 반복 연습을 통하여 얻어집니다." 언제까지나 시작만 반복한다면, 내가 꿈꾸는 기타 소리는 영원히 내 것이 될 수 없었다.

다시 돌아온 레슨 시간, 나는 두루뭉술하게 말을 꺼냈다. "선생님, 저 기타에 흥미를 잃은 것 같아요." 여기서 그만두면 다시 기타를 배울 일은 없겠기에 선뜻 그만두겠다고 말하기에는 고민이 됐다. 늘 묵묵하던 선생님의 동공이 0.1초 정도 흔들린 것 같았지만, 선생님은 별말 하지 않고 여느 때와 다름없이 레슨을 이어 갔다. 선생님이 이유를 묻는다면 뭐라고 답해야 하나 고민하고 있었는데, 막상 아무런 반응이 없자 좀 당황스러웠다. 그간 기초 연습도 제대로 하지 않았으면서 흥미 운운할 때냐고 한소리 하실 수도 있다고 생각했는데……. 흥미를 잃었다는 말은 너무 심했나? 혹시 선생님이 재미없게 가르친다는 뜻으로 받아들이신 걸까? 그렇게 또 몇 주가 흘렀다. 어느 날 레슨이 끝날 무렵 선생님이 물었다.

"여전히 기타에 흥미가 없으세요?"

엇, 별 신경 안 쓰시는 줄 알았는데……. 잠깐의 침묵에 밖에서 내리는 빗소리가 엉겼다.

"음, 요리 배우면 뭐라도 만들어 보고 싶잖아요. 근데 전 주방 구석에서 주야장천 파만 썰고 있는 기분이에요(열심히 썰진 않았지만). 데파페페의 〈Wedding Bell〉도 치고 싶고, 〈코코〉 주제가 〈Remember Me〉도 치고 싶은데……. 다른 학원에선 한 달 만에 한 곡 뗄 수 있게 해 주잖아요."

선생님이 조용한 목소리로 말했다.

"물론 카피하면 실력 빨리 늘죠. 실력 늘리는데 카피만큼 좋은 게 없기도 하고요. 그런데 그 곡만 카피 잘하면 뭐 해요, 악보를 못 보는데. 지금 지현 씨는 악보 보고 연주할 수 있잖아요. 음악은 그게 다예요."

악보 보고 연주할 줄 아는 게 음악의 전부라고요? 무어라 할 말을 찾고 싶었지만 마땅한 말이 없었다. 선생님이 말을 이었다.

"지금 배우는 교본 있잖아요. 거기에 실린 곡들만 수려하게 칠 줄 안다면 더는 기타 안 배워도 돼요. 지현 씨, 기타는 코드 짚는 게 전부가 아니에요. 어떤 정서로 어떻게 터치할건가, 어떤 톤을 만들 건가. 이게 음악이에요."

그동안 나는 음악을 뭐라고 생각했을까. 정서, 터치, 톤이라는 건 음악가의 영역이라고만 생각했다. 선생님의 기타소리를 닮고 싶어 하면서도, 그러니까 음악을 하고 싶었으면서도 나의 태도는 게으른 기술자에 가까웠다. 음악을 느끼지 않고 외우려 했다. 아름답게 연주하는 대신 아름다운곡만 골라 연주하려고 했다. 나는 부끄러운 속내를 들킨 기분에 괜히 툴툴거렸다.

"정서, 터치, 톤…… 그런 걸 어떻게 담아요? 제 기타에서는 맨날 띠용띠용하는 이상한 소리밖에 안 나잖아요."

선생님의 얼굴을 바라보니 "……연습이겠죠?"라는 김빠진 정답이 입술 사이로 흘러나왔다.

"연습밖에 없죠." 선생님이 작게 웃었다.

그 뒤로 나는 얼마 안 가 교습소를 관뒀다. 정서도, 터치도, 톤도 모른 채로. 그건 기타를 아주 많이 사랑해야 알 수 있는 것들이었고, 나는 그 정도로 기타를 사랑하지 않는다는 걸 비로소 받아들였기 때문이다. 몇 년 후, 선생님의 단독 공연이 열렸다. 오랜만에 만난 선생님은 반가워하며 이렇게 말했다.

"앞으로 선생님이라고 부르지 마세요."

"아, 왜 그러세요."

"이제 기타 안 배우실 거잖아요."

교습소를 그만둘 때 "잠시 쉴게요"하고 말했지만, 선생님은 잠시가 하염없이 길어질 걸 눈치챘는지도.

그래도 가끔은 기타를 품에 안아 본다. 빨리 진도를 빼겠다는 욕심에 일찌감치 사 놓았던 기타 교재 3, 4권은 언젠가 펼쳐질 날을 기다리며 책장에 잠들어 있다.

그나저나 만둣집 오빠는 어디에서 뭘 하고 있을까. 아직도 만두를 빚으면서 기타를 퉁기고 있으려나. 피가 두툼하던 만두도, 밀가루 잔뜩 묻은 손가락으로 퉁기던 어설픈 기타 소리도 오늘따라 왠지 그립다. 아직 문득문득 그때 들었던 연주가 떠오르는 걸 보면, 어쩌면 그거야말로 정서와 터치와 톤이 녹아 있는 진정한 음악인지도 모르겠다.

그 선율을 떠올릴 때마다 만두 찌는 냄새가 코끝에서 진하게 풍겨 오는 건 착각일까나, 아니면 오빠가 기타 선율에 살짝 묻혀 둔 걸까나.

* 내 꿈의 교습소 이름은 '푸른 꿈과 당신의 기타 교습소'다. 나 대신 푸른 꿈을 이룰 이들을 응원한다.

달리기: 눈물을 안고 뛰어요

코끝에서 나는 쌕쌕 소리를 들으며
달리다 보면 어느 틈에 눈물은 말라 있고
기분은 나아져 있을 거다. 아마도.

내 주변에는 달리기를 즐기는 이들이 제법 많다. 출근 전
이른 아침이나 퇴근 후 저녁을 틈타 부지런히 달린다. 주말
이면 각종 마라톤 대회에 나가 뙤약볕과 소나기를 견디고,
걷기에도 숨찬 구불구불하고 거친 산길을 뛰어서 오른다.
매일같이 달리는 그들에게 왜 그렇게 열심인지 물었더니 다
음과 같은 대답을 들었다. 회사에서 받은 스트레스를 날릴
수 있어서, 잡생각이 가득한 머리가 맑아지니까, 늘어 가는
뱃살이 걱정돼서…….

그중 가장 인상 깊은 답은 "하루를 잘 살아 냈다는 기분을 느낄 수 있어서"였다. 일 년 중 하루를 잘 살아 냈다는 기분을 느낄 수 있는 날이 과연 며칠이나 될까. '하루를 잘 살아 냈다'는커녕 '하루를 살아 냈다'는 기분을 느끼기도 벅찰 때가 많았다. 하루의 경계가 희미해 어제는 오늘 같았고, 오늘은 내일과 비슷할 거였다. 잠자리에 누워 되감아 보면 '잘' 대신 '간신히'를 끼워 넣어야 비로소 말이 되는 하루들.

그런데 달리기를 하면 그런 근사한 기분을 날마다 느낄 수 있는 데다 복잡한 머리도 비울 수 있고 살 빠지는 효과까지 덤으로 얻을 수 있다니 이 얼마나 좋은 취미인가. 게다가 별다른 장비도, 시설이 갖춰진 장소도 필요 없다. 달릴 마음만 있다면 언제든 운동화를 신고 집 밖으로 나서기만 하면된다. 그래서 나도 달리기의 은총을 받고 있느냐고? 대답은 "그럴 리가요."

그동안 같이 달리자는 제안을 종종 받곤 했지만 점잖게 거절해 왔다. 바빠서, 피곤해서, 날이 좋아서, 날이 좋지 않아서, 날이 적당해서…… 달리지 못할 이유는 얼마든지 있었다. 그렇지만 달리기를 줄곧 거절해 온 진짜 이유는 따로 있었다. 지루해서. 악기나 요가처럼 다음 단계로 올라섰을 때 따라오는 뚜렷한 성취감이 있는 것도 아니고(그 순간만큼은 내가 지구 최고 멋쟁이다), 헬스나 필라테스처럼 기구를 사용하는 재미가 있는 것도 아니고(이 둘도 한때 나의 취미였다), 그저 두 발을 빠르게 움직여 앞으로 나아가는 행위. 한두 번이야 달린다 쳐도 꾸준히 달릴 자신은 없었다.

나도 달리는 재미를 아예 모르는 건 아니다. 학교 다닐 때는 맡아 놓고 체육 대회에 나갔다. 같은 반 아이들이 계주 선수로 나를 추천할 때면 손을 내저으면서도 입꼬리가 올라갔다. 탕! 하는 신호를 기다리며 출발선에 서 있을 때 느껴지는 긴장감. 힘껏 발을 내디디는 순간, 발바닥을 타고 순식간에 밀려드는 짜릿한 떨림. 귓바퀴를 거칠게 훑는 바람 소리. 턱까지 차오른 숨과 몸안을 온통 휘젓는 뜨거운 감각. 땀으로 흠뻑 젖은 내 등을 토닥이는 아이들의 다정한 손길. 그때 나는 달리기를 이루고 있는 모든 걸 좋아했다.

그렇지만 그건 분명한 목표가 있기에 가능한 일이었다. 우리 반 대표로 나선 이상 다른 반을 마땅히 이겨야 하고, 나는 마침 승리욕이 철철 넘치는 사람이었으니까. 겉으로는 우승에 관심 없는 척했지만, 승리에 대한 열망을 해소하기에 체육 대회만 한 창구도 없었다. 이기고 나면 한동안 승리의 기쁨에 은근히 취해 있는 기분도 꽤 괜찮았다(가끔 내 책상 위에 사탕이나 초콜릿 같은 게 올려져 있기도 했고).

그런데 목표 없는 달리기라니. 아무런 이유도 없이 달릴 필요가 있나 하는 게 솔직한 마음이었다. 목표 없는 달리기는 재미없다는 내 말을 들은 누군가가 "마라톤 나가면 메달 줘요"라고 했지만 나는 고개를 저으며 답했다. "돈을 받아도 시원찮을 판에 왜 귀한 돈 써 가며 그 긴 거리를 달리는 건지 모르겠어요. 더운 날엔 정수리 불타고, 비 오면 쫄딱 맞아야 하잖아요. 메달 같은 건 어차피 공장에서 수백 개씩 찍어 내는 거고요." 상대방은 이런저런 말을 덧붙였다. 달리기는 나와의 싸움이고, 한계를 극복할 수 있고……. 하루하루 살아가기도 팍팍한데 가여운 나 자신과 승부를 왜 겨룬단 말인가. 한계는 내가 부러 찾아 나서지 않아도 여기저기 사방에서 나를 잘만 찾아오니 굳이 내가 나설 필요가 없었다.

여느 때와 다름없는 일요일 오후였다. 나는 몸을 최대한 둥글게 말고 누워서는, 핸드폰을 붙들고 인스타그램을 몇 시간째 들여다보고 있었다. 특별한 변수가 없다면 그날도 그렇게 흘러가 버릴 거였다. 저녁이 되면 다음 날 출근할 생각에 울적해질 테고, 울적함을 잊으려 남의 인스타그램을 더 열심히 염탐하다가, 나만 빼고 온 세상이 행복한 것처럼 보여 결국 더 울적해지곤 하는 패턴. 나는 사진을 휙휙 넘겨 보다 멈췄다. 달리기를 좋아하는 지인이 조금 전 올린 호수 사진이었다. 그는 평소에도 달린 코스를 찍어 꾸준히 올렸는데 그날따라 사진에 담긴 풍경이 아름다워 보였다. 아침에 비가 와서 그런지 호수의 물빛은 한층 더 깨끗하고 맑았다. 나는 그동안 그가 올렸던 사진을 유심히 다시 보기 시작했다. 벚꽃 흐드러진 길, 빗방울이 떨어지는 호수, 비가 그친 뒤 한층 더 푸르러진 숲속. 그는 시시각각 변하는 순간을 놓치지 않고 있었다. $4.60km$, $9.43km$, $12.01km$…… 사진 위에 쓰인 그날 달린 거리는 선생님이 받아쓰기 노트 여백에 찍어 주던 '참 잘했어요' 도장처럼 보였다. 알차게 보낸 하루에 도장을 꾹 찍어 줄 수 있는 취미라니. "하루를 잘 살아 냈다는 기분을 느낄 수 있어요"라고 말하던 그의 목소리가 귓가를 맴돌았다. 오랜만에 달리기나 한번 해 볼까 하는 생각이 들었다.

집 근처엔 달리기 딱 좋은 어린이 대공원이 있었지만 혼자서는 영 내키지 않았다. 역시 재미없다는 생각이 지배적이었다. 모임 앱을 뒤적여 보니, 마침 잠시 뒤에 어린이 대공원에서 열리는 달리기 모임이 있었다. 얼른 참가 버튼을 누르고는 모자를 눌러쓰고 후다닥 집을 나섰다. 약속 장소에 도착하니 이미 열 명 정도가 모여 몸을 풀고 있었다. 모임장으로 보이는 이가 다가와 "달리기는 좀 하는 편이세요?"하고 물었다. 나는 "초보예요. 잘 부탁드립니다"라고 답하며 쑥스러운 미소를 지어 보였지만, 속으로는 사람들이 놀라게 될 거라는 기대를 품고 있었다. 꽤 오랜 공백기가 있긴 했지만 그래도 타고난 실력이 어디 가겠나 싶었던 거다.

둘씩 짝지어 줄을 맞춰 섰고 나는 제일 뒤에 섰다. "하나, 둘, 하나, 둘!" 맨 앞에 선 모임장의 씩씩한 구호에 맞춰 발을 내디뎠다. 그리고 채 10분도 되지 않아 예상대로 사람들은 내 실력에 깜짝 놀랐다. 그 누구보다 놀란 건 나였다. 얼굴이 새빨갛게 달아올라서는 숨을 헐떡거리다가 바닥에 나동그라졌기 때문이다. 그렇지 않아도 내 속도에 맞춰 천천히 달리던 친절한 짝꿍은 내 핸드폰과 300㎖짜리 생수병까지 대신 들어 주며 나의 달리기를 독려했지만, 나는 결국 몇 발짝 못 가 멈춰 섰다. 간신히 꺼낸 한마디와 함께.

"……저를…… 두고 가세요……."

짝꿍을 포함한 무리는 점점 내 시야에서 멀어지더니 금방 사라졌고, 나는 마라톤 풀코스를 막 완주한 듯한 몰골로 몸을 돌려 터덜터덜 걸었다. 마음 같아선 그대로 집에 가고 싶었지만, 그래도 인사는 하고 가야겠다 싶어 출발했던 지점에서 사람들을 기다렸다. 한참 후에 달리기를 끝낸 사람들이 돌아와 인증샷을 함께 찍자고 했을 땐 민망해서 얼굴을 들지 못했다. 대체 지금껏 뭘 믿고 달리기를 잘한다는 착각 속에서 살았단 말인가. 그렇게 달리기는 한때는 빨랐던 영광의 역사 속으로 영원히 사라지는 줄 알았지만, 달리기와의 인연은 의외로 계속되었다.

그 무렵 사귀게 된 동네 이웃이 하필이면 엄청난 달리기광이라 밤마다 나를 불러냈기 때문이다. "지현 씨, 달리기 같이 해요!" 이웃의 제안은 고마웠지만 달리기라는 말을 들을 때마다 가슴이 덜컥 내려앉았다. 퇴근길 붐비는 지하철 안에서 이리저리 치이느라 두 발을 딛고 제대로 설 힘도 없었던 데다, 진즉에 녹슬어 버린 실력도 확인했으니까. 나 예전에 좀 달렸다는 자부심은 깔끔하게 증발해 버렸고, 달릴 때 온몸 구석구석 전해지는 느낌도 예전과는 달리 썩 반갑지 않다는 걸 알게 됐으니 말이다.

그렇지만 포기를 모르는 나의 이웃은 끈질겼고 나도 계속해서 거절하긴 뭐했기에 가끔 초대에 응했다. 퇴근 후 침대에 널브러져 있다가 빨리 나오라는 전화 한 통에 마지못해 몸을 일으키는 식이었다. 건대 운동장에 도착해 보면 이웃은 이미 한창 달리는 중이었는데 표정이 밝고 기운차 보였다. 똑같이 출퇴근하는 처지인데 어찌 저렇게 쌩쌩한가 싶을 만큼(이웃의 회사가 훨씬 가깝긴 했다). 처음엔 같이 달린다 쳐도 서로의 속도가 달라 점점 거리가 벌어졌기 때문에 결국은 혼자 하는 달리기가 되고 말았다. 유행하는 음악을 귀에 꽂아도, 헛둘 헛둘 구령을 붙이며 뛰어 봐도, 지루하다는 생각은 좀처럼 지워지지 않았다.

하루는 달리기를 끝내고 돌아가는 길에 이웃에게 물었다.

"달리면서 무슨 생각 해요?"

"걱정거리를 안고 뛰어요."

이웃은 너무 미운 회사 상사를 생각하며 뛴다고 했다. 뛰면서 속으로 주먹도 한 방 먹이고 욕도 실컷 해 준다고. 그러다 보면 미운 마음이 사라지더라고. 그는 씩 웃으며 덧붙였다.

"지현 씨도 다음번엔 걱정거리를 안고서 뛰어 봐요."

걱정거리를 안고 뛰라고? 뛰다 보면 걱정거리가 사라질
까. 사라지지 않는다면 조금은 줄어들까. 번번이 거절하는
나에게 달리기를 권하는 그 마음이 고마웠지만, 나는 결국
이웃과의 달리기를 그만뒀다. 아, 정확히는 이웃이 나와 달
리는 걸 그만뒀다. 같이 달리기로 며칠 전부터 미리 약속해
둔 날이었는데, 잠깐 눈을 붙인다는 게 그만 곤히 잠들어 버
렸다. 눈을 떠 보니 새벽 두 시. 핸드폰을 확인하니 부재중
전화 몇 통이 와 있었다. 어쩔 줄 몰라 하며 미안하다고 카톡
을 보냈더니 그 늦은 시간에 이웃의 답장이 왔다. "앞으로
달리기는 저 혼자 할게요."

이제 더는 퇴근 후 지친 몸을 일으켜 운동장에 가지 않
아도 되었다. 경계와 경계가 없는 날들이 다시 이어졌다.
Ctrl+C, Ctrl+V, Ctrl+C, Ctrl+V…….

태풍 소식이 있던 일요일, 오전인데도 창으로 내다보이
는 하늘이 잔뜩 흐렸다. 나는 세수도 하지 않은 채로 집을 나
섰다. 빗방울이 톡톡 떨어지나 싶더니 가랑비가 솔솔 내리
기 시작해, 운동장에 도착하기도 전에 어깨가 폭 젖었다. 주

말이면 사람들로 가득하던 운동장은 궂은 날씨 때문인지 텅 비어 있었다. 빗줄기가 점점 굵어졌다. 나는 비를 맞고 한참을 서 있었다. 몸을 적셔 가며 굳이 달려야 할 이유 같은 건 없었다. 하루를 잘 살아 냈다는 기분이 절실하게 필요한 것도 아니었고, 달려서라도 당장에 털어 내고 싶은 걱정거리가 있는 것도 아니었다. 그냥 좀 달리고 싶었다. 이런 날엔 돈을 받고 뛰어도 시원찮다며 언젠가 내가 했던 말이 떠올랐다.

집으로 돌아갈까 하다가 마침내 한 발을 뗐다. 비를 맞으며 달리는 게 쉽진 않을 거라 생각했는데 의외로 아무렇지도 않았다. 빗속을 달리고 있자니 까맣게 잊고 있었던 오래전의 달리기가 떠올랐다. 하루도 빼놓지 않고 밤마다 달리던 때가 있었다. 옴짝달싹 못 하게 된 상황 속에서, 내 앞에 펼쳐진 아득한 시간을 잠시나마 잊기 위해서, 내가 할 수 있는 거라곤 달리는 일밖에 없던 때가 있었다. 갖춰진 달리기도 아니었다. 청바지에 컨버스를 신고 커다란 운동장을 하염없이 달리던 날들이 기억 속에서 뭉개지며 눈앞이 뿌옇게 흐려졌다. 내 발바닥에 눈물 버튼이라도 있는 건지 자꾸만 눈물이 났다. 얼굴 위로 빗방울과 눈물방울이 뒤섞여 흘러

내렸고 결국에는 엉엉 소리를 내면서 뛰었다. 그날의 달리기는 온몸이 푹 젖은 채로 끝났다. 40분, 6.7km.

여전히 비가 내리고 있었지만 집으로 돌아가는 기분이 나쁘지 않았다. 축축한 옷은 무거워도 걸음은 가벼워 콧노래가 나왔다. 실컷 울면서 뛰고 나니 마음이 한결 개운했다. 그제야 알았다. 달리는 이유는 그 누구도 대신 찾아줄 수 없다는 것. 그리고 나는 울고 싶어질 때 달리고 싶다는 것. 울고 싶은 마음을 모른 척 꾹꾹 누르다간 난데없이 주르륵 흘러내리는 눈물에 당황하기 마련이니(한 번쯤 이런 적 있지 않나요?), 이왕 울 바에는 눈물을 펑펑 쏟을 작정으로 운동장을 찾은 다음 힘껏, 씩씩하게 울어 버리는 편이 좋은 것 같다. 그 무슨 청승이냐 싶을 수도 있겠지만 울면서 달리면 언제까지고 슬픔이 계속될 수가 없다. 우는 것도 힘들고 뛰는 것도 힘이 드니까. 숨을 헐떡이며, 호흡이 가빠 코끝에서 나는 쌕쌕 소리를 들으며 달리다 보면 어느 틈에 눈물은 말라 있고 기분은 나아져 있을 거다. 아마도.

다음번엔 구름 한 점 없는 화창한 날을 골라 달리고 싶지만, 왠지 그날 후로는 달리기를 미루고만 있다. 이런저런 핑계를 대 보지만 아무래도 또 울게 될 것 같아서.

춤: 다시 만날 뻔한 세계

혹시 이 중에 내가 제일 잘 추는 건 아닐까? 후후훗.
나는 스트레칭을 하며 거울에 비친 내 모습을 바라봤다.
잠시 뒤 일어날 일도 모른 채.

춤을 좋아한다. 어떤 음악이든 가리지 않고 박자를 절묘
하게 쪼개 순간순간 꼭 맞는 동작을 표현해 내는 댄서들을
보면 경탄을 넘어 존경의 마음마저 인다. 자타 공인 몸치이
기에 그들을 향한 동경이 더욱 큰 걸지도 모르겠다. 도로든
빗물 고인 웅덩이든 발 디딜 곳만 있으면 춤추는 〈스텝 업〉
시리즈는 개봉할 때마다 꼭 챙겨 봤고(무스의 조상은 문어가 아
닐까!), 호주에서 제일가는 댄스 아카데미에 다니는 언니 오
빠들(주인공들은 10대지만 멋있으면 언니 오빠다)이 잔뜩 나오는 드
라마 〈DANCE ACADEMY〉는 모든 시즌이 끝난 뒤에도 맘

속에서 떠나보내질 못했다. 댄스 서바이벌 프로그램을 볼 땐 흥미진진해서 나도 모르게 두 손을 꼭 모으곤 했다. 〈스트릿 우먼 파이터〉는 말할 것도 없지.

인스타그램으로는 몇몇 국내외 댄서를 팔로우하며 미술품 대하듯 그들의 동작을 감상한다. 주로 연습 영상을 즐겨 보는데 무릎이 다 튀어나온 추리닝 바지를 입고 있어도, 뒤꿈치가 허옇게 드러날 정도로 해진 양말을 신고 있어도 멋있기만 하다. 그동안의 묵묵한 연습량을 짐작케 하는 바지와 양말 덕에 오히려 더욱 멋있어 보이는 것 같기도 하고.

유독 지친 하루의 끝에는 침대에 누워 유튜브로 댄스 영상을 찾아보는 게 낙이다. 흘러나오는 음악에 몸을 맡긴 채 발가락 하나까지 곧게 뻗는 모습을 보고 있으면, 그날의 피로가 사르르 녹고 어느새 입가에는 미소가 걸린다. 영상을 보면서 나도 괜히 발가락을 꼼질거려 본다.

그렇지만 이 정도 선에서 만족할 수밖에. 틈틈이 찾아 본 덕에 댄스 학원 몇 군데의 시간표는 진즉에 받아 놨지만 차마 근처에도 가 볼 엄두가 안 났다. 그래도 발레는 정해진 동작이 있어 사정이 좀 나았다. 발레만으로도 허덕거리는 내 몸에게 머리끝부터 발끝까지 자유자재로 쓸 줄 알아야 하는 댄스를 주문할 순 없었다. 댄스 학원이 가고 싶어질 때면 그 마음을 좀 달래 보려고 수업 영상을 감상했다. 두둥탁! 두둥탁! 리듬에 맞춰 군무를 추는 사람들은 수강생이 아니라 프로 댄서 같았다. 수강생 무리 속에 내 얼굴을 슬쩍 끼워 넣어 봤지만 도무지 그려지지 않았다. 다들 해류를 따라 부드럽게 흔들리는 미역처럼 움직일 때, 나는 말린 다시마처럼 뻣뻣하고 꼿꼿할 게 뻔했다.

다들 기분 좋게 흔들어 젖히는 록 페스티벌에서도 나는 홀로 팔짱을 낀 채 우두커니 서서 무대 뒤에 펼쳐진 먼 산을 바라본다. 모처럼 간 콘서트장에서도 간단한 포인트 안무를 따라하는 것조차 괜히 겸연쩍어 우물쭈물하다 결국 다시 팔짱을 낀다. 어느 누가 봐도 나는 음악 따위엔 관심도 없는데 마지못해 끌려온 얼굴을 하고 있지만, 속에서는 한 번 흔들어 보고 싶은 불꽃 같은 열망이 들끓고 있다. 현실과 욕망이 불협하기에 내 표정이 그토록 심드렁하고 침울한 것이다.

지금이야 이런 사람이 되어 버렸지만 한편으로는 꽤 억울한 노릇이다. 부옇게 김이 서린 거울을 보는 것처럼 어렴

풋하지만, 어릴 땐 나도 음악에 몸을 내맡기는 법을 본능적으로 알고 있었던 것 같다. 끓어오르는 흥을 어쩌지 못해 몸을 배배 꼰 채 요상한 포즈를 취하고 있는 사진이 제법 많으니까(항상 입고 있던 내복 바지 허리춤에는 빨간색 빨래집게가 주렁주렁 달려 있다). 나의 몸짓에 누군가 진심 어린 박수와 호응을 보내 줬더라면, 어쩌면 오늘의 내 모습은 좀 다르지 않았을까. 키보드를 두드리며 이렇게 춤에 대한 묵은 열망을 성토하는 대신, 한창 유행하는 춤을 신나게 따라 추고 있을지도 모르는 일이다. 인스타그램에서 인기 있는 댄스 영상 속 주인공이 나일 수도 있는 거고. 하지만 안타깝게도 나는 음악에 맞춰 몸을 들썩거리다가 무안을 당한 적이 있다.

아마도 내가 여섯 살 무렵의 일이다. 엄마, 엄마 친구, 나, 이렇게 셋이서 육교 계단을 오르고 있었는데 나도 모르게 주변 상가에서 흘러나오는 음악에 맞춰 발을 까딱거리며 걷고 있었나 보다. 엄마 친구는 나를 보더니 "야 좀 봐라. 음악 나온다꼬 이래 요상하게 걷나?" 하고 크게 웃었다. 앞서 걷던 엄마도 걸음을 멈추고 뒤를 돌아봤다. 나는 순간 심한 부끄러움을 느꼈다. 평소에 이모라고 부르며 곧잘 따랐던 사람이기에 내가 뭘 잘못한 것만 같았다. 그전까지는 몸을 움직이는 것에 대해 크게 의식하지 않았는데, 그 일이 있은 후로는 어디선가 음악이 들려오면 온몸이 빳빳하게 굳었다. 게다가 얼마 뒤 몸짓에 대한 두려움이 커지는 결정적인 사건이 생겼다.

바로 학교에 들어가기 전까지 다녔던 학원에서 열렸던 재롱잔치다. 그날을 떠올리면 나를 바라보는 선생님의 표정과 그 너머로 소복이 앉아 있는 어른들의 얼굴이 반복 재생된다. 춤을 춰야 한다는 압박감에 잔뜩 움츠러들어 있었는데, 그땐 키가 작았던 편이라 맨 앞줄에 서야 해 부담이 더 컸다. 음악이 시작되자 나는 그동안 연습한 대로 열심히 움직였다. 그런데 아이들이 동작을 잊을까 봐 어른들을 등지고 우리와 마주보며 함께 춤추던 선생님이 문득 나를 향해 엄한 얼굴로 고개를 저었다. 선생님이 갑자기 왜 그렇게 무서운 표정을 짓는 건지, 고갯짓의 의미는 대체 뭔지 알 수 없었다. 나는 더 열심히 움직였고 그럴수록 선생님의 표정은 더욱 험해졌다. 나는 당황한 나머지 울고 싶은 마음으로 팔다리를 허우적거리며 어서 음악이 끝나기만을 기다렸다.

시간이 한참 흐른 후에야 이유를 알 수 있었다. 그날 찍은 사진 속의 나는 방긋 웃는 아이들 사이에서 양볼에 볼우물이 깊게 팰 정도로 잔뜩 인상을 쓰고 있었다. 긴장할 때마다 나오는 버릇이었다. 선생님은 맨 앞에 선 아이가 예쁜 표정으로 춤을 췄으면 해서 그러지 말라는 뜻으로 고갯짓했던 거였다. 선생님도 나도 퍽 답답했던 재롱잔치다.

그 뒤로는 춤이라면 질색하며 지냈다. 두려움이 너무 커지니 좋아하는 줄도 모르고 그저 미워했다. 고등학생 때는 축제 때마다 무대 위를 휘젓는 댄스 동아리 아이들을 보면서 속으로 얼마나 이죽거렸는지 모른다. 하라는 공부는 안 하고 겉멋만 잔뜩 들어서 저런다고. 나는 댄스 동아리에 가입 신청서를 내는 대신, 별 관심도 없던 영자 신문반에 들어가 영어 단어를 꾸역꾸역 삼키면서 춤추고 싶은 마음을 억눌렀다. 댄스 동아리에 신청서를 냈다 해도 가입이 어려웠겠지만, 그래도 눈 딱 감고 도전해 봤으면 어땠을까 하는 아쉬움이 지금에야 든다. 춤 못 추는 애가 지원한다고 해서 큰일이 나는 것도 아닌데. 한번 부끄럽고 말면 되는 걸.

그렇게 춤과 담을 쌓은 시간이 한 해 한 해 흘러가고 또

한 번 새해를 맞았다. 지난 몇 년은 별 감흥을 느낄 새도 없이 뭉텅 보내 버린 것만 같아 모처럼 새해 기분을 내고 싶었다. 어느 해처럼 깊은 밤 동해로 차를 몰아 해맞이를 하는 건 아니라 해도 무언가에 새롭게 도전해 보고 싶었다. 그동안 나를 좌절케 한, 해 보기도 전에 포기하고 만, 그렇지만 꼭 도전해 보고 싶었던 일에. 고민할 것도 없었다.

나는 원데이 클래스를 검색했다. 학원에 등록할 엄두는 여전히 나지 않았지만, 원데이라면 해 볼 만하겠다 싶었다. 마침 눈에 띈 한 클래스의 소개글이 나의 선택에 용기와 확신을 불어넣어 주었다. 클래스 소개글은 다음과 같았다. "난이도 ★☆☆☆. 몸치여도 걱정 마세요. 옆에서 차근차근 한 동작씩 알려 드립니다." 몸치, 옆에서, 차근차근. 나를 위한 맞춤형 키워드가 모두 들어 있는 훌륭한 글이었다. 클래스에서 배울 곡은 소녀시대의 〈다시 만난 세계〉. 곡도 마음에 들었다. 오랫동안 몸치였던 정든 나를 버리고, 댄싱 머신으로 거듭날 새로운 나를 만날 수 있을 것만 같았다.

일주일 뒤 나는 위아래로 추리닝을 곱게 갖춰 입고 연습실을 찾았다. 먼저 와 있던 이들은 여기저기에 흩어져 앉아 핸드폰만 들여다보고 있었다. 공기 중에 수줍음이 둥둥 떠

다녔다. 다들 비슷한 입장이구나 싶어 내적 동질감이 느껴졌다. 혹시 이 중에 내가 제일 잘 추는 건 아닐까? 이러다 센터를 맡게 될 지도 모르겠다, 후후훗. 나는 여유 있게 스트레칭을 하며 거울에 비친 내 모습을 흐뭇하게 바라봤다. 잠시 뒤 일어날 일도 모른 채.

곧 선생님이 들어왔다. 데뷔 초 소녀시대처럼 풋풋하고 귀여운 선생님이었다. 연습실 한쪽 벽면이 모두 거울이라 수강생들은 선생님 뒤에 한 줄로 길게 섰다. 선생님이 가사에 맞춰 한 동작씩 보여 주면 그걸 따라 하는 방식이었다. "왼쪽 팔을 뻗을 때 오른쪽 다리는 굽히고요. 이때 고개를 젖히면 돼요. 짠(왼쪽 팔을 뻗으며)—짠(오른쪽 다리를 굽히고)—짠(고개를 한쪽으로 젖히면서)—짠(양팔을 활짝 편다)—쉽죠?" 이게 쉽⋯⋯나? 한 동작을 끝내고 다음 동작을 따라 하다 보면 구멍을 더 큰 구멍으로 메우는 듯한 기분이 들었다. 겨우겨우 모든 동작을 배운 뒤 노래에 맞춰 처음부터 끝까지 이어야 했을 때, 나는 춤을 추는 대신 입을 떡 벌리고 자리에 서서 거울을 바라봤다. 나와 비슷할 거라 멋대로 넘겨짚었던 이들은 이미 소녀시대가 되어 있었다. 지금 당장 방송에 나가도 손색없을 포스가 충만했다. 그 수줍던 얼굴들은 대체 어디로 간 건지. 여섯 명의 소녀시대는 선생님이 알려준 동작을 완벽하게 소화하며 절도 있는 칼군무를 선보였다.

사랑해 널 이 느낌 이대로 (어쩌어찌 따라가다가 여기서부터 나의 춤이 급속도로 붕괴되는 듯한 느낌이 온다)

그려 왔던 헤매임의 끝 (나는 계속 헤매고 있지만)

이 세상 속에서 반복되는 슬픔 이젠 안녕 (거울 속 나를 보며 슬픔이 무한 반복되는 중)

수많은 알 수 없는 길 속에 (이 많은 동작을 어떻게 연결하는 건지 정말로 알 수가 없다)

희미한 빛을 난 쫓아가 (이때쯤이면 나의 춤은 온통 암흑이다)

쉬는 시간, 선생님은 소녀시대 속 다시마가 걱정됐는지 내 옆으로 다가왔다. "혹시 어떤 게 어려우세요?" 어떤 게 어려우냐고요…… 도무지 쉬운 게 하나도 없었는데. "춤을 추고 싶어 하는 나 자신을 이해하는 게 어렵습니다"라는 말을 차마 할 순 없어서 애매한 미소만 지었다.

수업이 다시 시작되었다. 곁눈질로 사람들을 흘끔거리

며 따라 해 봤지만 제대로 될 리가 없었다. 동작을 계속 놓치느라 민망했던 나는 무리에서 빠져나와 연습실 구석에 섰다. 내가 빠지고 나니 그제야 완전한 소녀시대가 된 것 같았다. 나는 춤추는 사람들을 멀뚱멀뚱 쳐다보고 있다가 조용히 나왔다. 닫힌 문틈 사이로 〈다시 만난 세계〉의 마지막 부분이 흘러나왔다. "울지 않게 나를 도와줘……." 나는 눈물이 찔끔 나오려는 걸 애써 참았다. 씁쓸하고 분하지만 인정해야 했다. '추다'는 나에게 허락되지 않은 동사라는 걸.

나는 원데이 클래스를 끝으로 춤을 끊었다(?). 댄스 영상을 보다 흥을 못 이길 때면, 거울 앞으로 달려가 온몸의 관절을 꺾을 것처럼 한바탕 요란을 떠는 '혼춤'(혼자 추는 춤이 아니라 혼이 담긴 춤이다)도 당연히 끊었다. 하지만 춤에 대한 애정만은 여전하다.

요즘 나의 댄스 욕망을 자극하는 이는 댄서가 아닌 가수 이은미다. 〈골든걸스〉에서 난생처음 춤에 도전하는 그녀의 고군분투기를 즐겁게 보고 있는데, '춤'의 치읓만 나와도 "나 집에 갈래. 이 프로그램 안 할래"하고 투덜대는 그 마음을 충분히 이해한다. 남들은 다 오른쪽으로 돌리는데 나 혼자 왼쪽으로 돌리는 순간 느껴지는 서늘함도 너무나 잘 알지. 그렇지만 무대에서 춤추는 그녀는 너무나 멋있다. 그동안의 투정은 모두 엄살이었나 싶게, 그녀의 몸은 음악을 타고 관능적으로 움직인다. 그토록 거부하던 핫핑크 의상을 입고서 멋진 춤을 선보인 57세 이은미는 이렇게 말했다.

"너무 어렵더라고요. 하지만 몸을 움직이는 것에 즐거움이 있어요. 즐거움과 민망함 사이에서 외줄 타기를 계속하고 있어요."

이은미는 춤에 이어 랩까지 선보였는데, 특유의 허스키한 저음과 리듬감에 댓글 창은 난리가 났다. '맨발의 디바'가 춤추며 랩을 하는 것만으로도 놀라운데 심지어 너무 잘하니까. "어쩜 삐거덕삐거덕하는 소리 하나도 없이, 그렇게 구렁이 담 넘어가듯 부드럽게 날 속였지." 그녀가 랩 하는 영상 아래에 달린 수많은 댓글 중 "이은미 랩 미쳤다"라는 댓글의 추천 수는 벌써 오천 개 돌파. 나도 엄지 버튼을 꾹 눌렀다. 오늘 밤도 나는 이은미의 춤과 랩을 보면서 잠든다. 아, 춤이 안되면 랩에 도전해 볼까.

에필로그: 쓸데없는 일일지도 모르지만

"그거 내 로망이었어요."

입버릇처럼 로망 이야기를 꺼내다 보니 나를 잘 아는 사람들은 가벼운 한숨을 짓고는 다시 묻는다. "대체 그 로망이 몇 개나 있는 건데?"

실은 나도 궁금하다. 남은 로망이 몇 개쯤 되는지. 나의 로망 주머니를 뒤져 보면, 도라에몽의 사차원 주머니처럼 갖가지 것들이 끊임없이 쏟아져 나오지 않을까. 주머니에 손을 쑥 집어넣고 대충 잡히는 것들을 한번 꺼내 본다. 식물세밀화 배우기(사진전을 보러 갔다가 옆방에서 전시 중이던 식물세

밀화에 마음을 홀딱 빼앗겼다), 서핑(정장 입고 서핑하는 사람의 영상을 봤는데 퇴근 후 서핑하는 기분은 어떨지 상상만 해도 짜릿하다), 〈우리 말 겨루기〉에 도전해 보기(대한민국 역대 퀴즈 프로그램 중에서 최고난도라고 하니 떨어져도 덜 민망할 것 같다), 윤종신의 〈고속 도로 Romance〉따라 부르며 청명한 여름날 쭉 뻗은 고속 도로 드라이브 하기(놀이공원에서 범퍼카를 몰다 목과 허리를 삐끗하는 바람에 몇 달간 병원에 다니긴 했지만), 맑고 따뜻한 바다에서 거북이와 헤엄치기(거북이는 수명이 기니까 내가 수영할 수 있을 때까지 기다려 주겠지?), 횡단보도 건너면서 완전 멋있게 춤추기(종갓집 장독 속 간장처럼 진득하게 묵은 로망이다. 아마 초등학생 때부터 꿈꾸어 온 것 같다. 하지만 몇 년 전, 횡단보도에서 뮤지컬을 해 버린 〈알라딘〉팀 때문에 임팩트가 없어졌다. 내가 먼저 했어야 했는데 춤 실력이……). 애니메이션 〈빨강머리 앤〉에 나오는 예쁜 초콜릿 먹어보기(앤이 먹은 것과 똑같은 초콜릿을 20년째 찾고 있다), 편의점 알바생이나 회식 멤버로 영화에 슬쩍 출연하기(감독님, 이왕이면 손석구 배우와 함께 찍는 신으로 부탁드려요), 〈최강야구〉직관하기(중고마켓에 나온 이대은 선수 유니폼 가격이 떨어지길 기다리는 중이다), 그리고 또…… 로망 목록으로만 몇 페이지를 가득 채울 수 있을 것 같다. 한바탕 늘어놓고 보니 피식 웃음이 나온다.

아직도 뭐 이렇게 하고 싶은 게 많을까.

목련과 벚꽃이 만개한 봄의 한가운데에서 이 책의 마지막 장을 쓰고 있다(이 순간이 오긴 오는구나!). 문 앞을 서성이던 낯선 이방인을 이끌어 준 인연과 자그맣게 반짝이는 삶의 순간들에 박수를 보낸다. 해마다 팡팡 터지는 꽃망울처럼 좋아하는 마음이 마르지 않고 퐁퐁 샘솟기를, 언제까지고 로망 타령을 할 수 있길 기도해 본다. 틈만 나면 로망을 주워다 주머니를 볼록하게 채워 가는 건 어쩌면 쓸데없는 일일지도 모르지만, 덕분에 나는 사랑을 좀 알겠다.

온 세상의 로망이 시작되는 봄에, 나의 작은 세계를 열며.

이런 매일이라면 좋겠어

초판 1쇄 발행 2024년 6월 7일

지은이 반지현

펴낸이 최갑수
디자인 아침

펴낸곳 얼론북
출판등록 (2022년 2월 22일) 251002022000026
주소 경기도 파주시 경의로 1056
전자우편 alonebook0222@gmail.com
전화 010-8775-0536
팩스 031-8057-6703
인스타그램 @alone_around_creative

ISBN 979-11-94021-10-0 (03810)
값 16,800원